La Passion selon moi

Du même auteur
aux Éditions J'ai lu

Vivre me tue, *J'ai lu* 4951

Paul Smaïl

La Passion selon moi

J'ai lu

Qué es la vida ? Una ilusión,
una sombra, una ficción...

Qu'est-ce que la vie ? Une illusion,
une ombre, une fiction...

Pedro Calderón de la Barca,
La vida es sueño
(La vie est un songe)

À Rachida.
En toutes lettres.

Mort m'a souri.

— Mort pour les intimes. Mort pour les amis dans la clandestinité… Tu en es.

— Clandestin de la vie… Je l'ai dit, je l'ai écrit. Ce que je vis, je l'écris ; ce que j'écris, je le vis. Je continue. Mort, je continue. Ce ne sera pas un roman avec un début et une fin, une histoire, non, mais des petits bouts de romans, des notes, des fragments, des pages de mon journal, des remarques, des souvenirs, des choses vues, du vrai et du fictif, ma vérité, la liberté, la fraternité, la musique, l'amour, le vin, le shit… De l'adab, en un mot.

— De la daube ?

— De l'adab ! Autrement dit : des lumières sur tout, de tout un peu. Un divan. Voilà. Un divan. Mon divan occidental oriental. L'envie de raconter. L'envie de raconter, simplement. Mes plaisirs, mes regrets, et mes illusions aussi, mes moulins à vent à moi, mes joies et mes peines, mon dernier voyage au… La camaraderie. L'aide au Douz al-houdoûd. Et cetera.

— Souviens-toi, cependant : « Ce qu'on ne peut pas dire, il faut le taire. »

— Je sais – Wittgenstein. Je n'ai pas oublié. Je changerai les noms, les dates, les lieux s'il le faut. Je l'ai toujours fait. Je n'ai jamais donné personne. À la guerre comme à la guerre ! C'en est une.

— Mon nom de guerre ? Sidi Ahmed Ben Engeli. Je pouvais aussi bien m'appeler Smaïl, puisque ce n'est pas mon vrai nom. J'y ai pensé.

— C'était un peu risqué, non ?

— C'est pourquoi j'ai préféré Sidi Ahmed Ben Engeli.

— Ce nom me dit quelque chose...

— L'auteur de *Don Quichotte*.

— Quoi ?

— L'auteur de *Don Quichotte*, mon pote. C'est un Arabe qui a écrit *Don Quichotte*. Ce n'est pas Cervantès.

— Tu te fous de moi ?

— Lâ. Un Arabe. De l'aveu même de Cervantès. C'est curieux, on se souvient de Sancho, de Rossinante, de Dulcinée, mais on oublie toujours qui est l'auteur du roman, le vrai. Et pourtant ! Au chapitre VIII, au beau milieu d'un combat singulier entre le chevalier à la triste figure et un Biscayen, le récit tourne en eau de boudin... Cervantès ignore encore comment l'aventure se termine, et le lecteur itou. Fin de la première partie. Mais au chapitre IX, miracle ! il a déniché la suite.

Tout à fait par hasard… Cervantès raconte qu'il a une telle passion pour la lecture, il dévore jusqu'aux vieux papiers qu'il ramasse dans les rues. N'importe quoi, imprimé ou manuscrit. Tout ce qui est écrit l'intéresse… Comme Don Quichotte ! C'est sa folie.

— J'en connais un autre qui…

— Je ne relève pas, je fais comme si je n'avais pas entendu, je continue :

— Un jour, dans le quartier juif, à Tolède, il voit un gamin qui propose de la paperasse à un marchand de tissu, je crois, des vieux registres, des cahiers – un marchand de soie, si je me souviens bien… Bref. Les cahiers sont écrits en arabe. Cervantès ne comprend pas plus l'arabe que l'hébreu, mais il a vite fait de trouver un Maure qui puisse lui traduire. Pour plus de tranquillité, il l'amène à la cathédrale. Le Maure ouvre un cahier au hasard, commence à lire et se marre. Parce qu'il est écrit que Dulcinée savait mieux que personne saler le porc… Tu parles d'un compliment pour un musulman ! Mais Cervantès devine tout de suite qu'il tient enfin le bouquin qu'il cherchait. Il jubile. Et le Maure, en effet, lui dit le titre et le nom de l'auteur : *Histoire de don Quichotte de la Manche, par Sidi Ahmed Ben Engeli, historien arabe*. Voilà la vérité. Cervantès avait un nègre, en quelque sorte. Et le premier roman moderne, chiens de chrétiens, vous nous l'avez volé ! À Tolède, dans le quartier juif !

Salim se demande si c'est du lard ou du cochon, si j'invente ou non. Et – si j'invente – quoi. Dulcinée salant le porc… Dulcinée en charcutière !

— Je n'ai jamais été plus loin que le premier chapitre.

Je dis :

— Dulcinée était un boudin. Voilà la vérité.

Je ne peux pas garder plus longtemps mon sérieux : le vin, l'amitié, le sentiment subit du temps perdu à déconner dans ce bar de Barbès... Comme si soudain le moment vécu se condensait dans l'air enfumé. Joie ! joie, maintenant que la tension des derniers jours est retombée. Contrecoup.

Un fou rire muet, les larmes aux yeux, je m'étire. Sain et sauf, je me dis. En vie ! Et que je m'en suis sorti avec les honneurs, en somme. Les oreilles et la queue. Mission accomplie.'Llah.

Salim s'étire à son tour. Des impatiences dans les genoux. Il rit aussi.

— Sidi Ahmed Ben Engeli !

Complices, nous sommes. Entre hommes. Désœuvrés heureux. Excessivement rebeux pour le coup, nous qui le sommes sans doute si peu aux yeux des autres dans ce rade.

— Labès ?

— Labès !

La monotonie apaisante du raï en sourdine nous engourdit un chouïa.

— Écoute...

Du rap, à présent. Et le présent, alors, se fait binaire et dansant.

Va le dire à ton père,
Va le dire à ta mère...

Il s'éternise.

Je donne du feu à Salim, qui rallume son cigarillo et me le tend : que j'en tire une taffe – une.

Cheb Mouchi, voyant que nous nous taisons maintenant, met plus fort la musique et nous ressert. Les gestes entre nous suffisent : un dernier verre, offert par la maison, du sancerre… Bon, le dernier. Il faut y aller, après.

À quoi j'ajoute de vive voix :

— La criante sera pour moi.

Et Salim :

— Qui chante ?

Cheb Mouchi :

— Intik. Des Alchériens.

Je précise :

— *Des paroles en l'air*.

On trouvait des cassettes pirates du groupe au souk d'Oujda.

Il faut élucider ce mystère
Certains disent génocide
Et d'autres, pas de guerre !

Salim se lève, prenant comme moi appui des deux mains aux coins arrondis de la table pour parer au léger roulis du plancher, à ce fugitif défaut de perspective.

— Torchés juste ce qu'il faut, dit-il.

Et moi :

— L'hominien a mis des millénaires à se redresser.

Le fou rire me reprend. Je dois m'adosser au zinc un instant.

— Putain.

Mais quand je tire la porte, ce pincement au

cœur. Cette terreur, presque. Comme un chagrin d'enfant. Sans raison.

— Quoi ?

Non, rien, la rue entre chien et loup, la nuit qui tombe, la pluie, Dieu sait... Six heures du soir. L'idée.

Cheb Mouchi nous salue :

— Slama.

Salim va retrouver Salima. Moi, Myriam, au musée Picasso.

*

Desengañado, ya,
sé bien que la vida es sueño.

— Ce qui veut dire ?

— Désenchanté, à présent, je sais bien que la vie est un songe.

*

Rue des Poissonniers. Ce flou fait de reflets, de halos, d'ombres et de mots lumineux : *Sirènes Voyages – Pèlerinages à La Mecque. Myriam Voyages – Air & Mer.* Car il existe sur terre une agence Myriam, Myriam !

Puis Masgid al-Fath... L'appel à la prière s'entend d'ici. Les fidèles se déchaussent sous l'auvent de ce baraquement en parpaings bruts et alu ondulé consacré mosquée.

Plus bas, devant chez Bel Hom, deux toutous en boubou nous proposent la passe à cent balles.

— Le vendredi, elles cassent les prix.

— Ça porte malheur, le vendredi.

— Con, tu l'as dit !

Et au déballage à dix balles, sur le boulevard, il y a des *boas en promotion*. Je n'invente rien, je n'ai pas d'imagination. Tout l'art est de noter.

*

Devant les Sables d'Or, le contour d'un corps tracé à la craie que la pluie et les pas des passants estompaient déjà. Bras en croix, un homme, une femme ? Black, Blanc, Arabe ou Berbère ? Une étrangère ? Un immigré ? Deuxième génération, comme on dit ? Une fille de. Tabassée par un grand fr'hère. Ne se voilait pas. Arrivée quand ? Rouée de coups. Tuée à bout portant ? Suicidée ? Suicidée suicidée ou… Comment ? Poussée ? Défenestrée ? À bout. Un accident ? Vraiment ? Ou un règlement de comptes. Le mauvais trip. Du blue angel mal coupé. Afnaf dope et W-C Net poudre. Les chiens ! Non ? A essayé de voler. Pas de voler : de voler. De s'envoler, quoi. Ecstasy. Le destin. En recevant l'avis de… Un huissier. Expulsée ? S'est jetée du balcon quand ils ont forcé la porte. Les chiens ! les chiens ! Violée ? Et pas de signes distinctifs ? Sans papiers. Sans nom. Identité inconnue sur le constat. Sans domicile fixe. Une croix dans la case x. Signalement : néant. Témoignages ? Voulait refaire sa vie. En avait assez. Croyait à tort qu'elle s'en était sortie. Ne parlait à personne. Etc.

Je n'ai pas posé de questions, je pouvais tout imaginer. Et puisque je tenais la première page du roman à venir.

Le titre aussi : *H'Nana*.

Un nom comme un autre.

Quelqu'un a dit :
— L'aïn !
Et quelqu'un s'est signé.
Un gamin a sauté pieds joints cette marelle.

*

Ou c'était le bombage à la peinture blanche du cadavre virtuel d'un militant qui avait manifesté contre la double peine, la reconduite d'un demandeur d'asile dans son pays d'origine, les massacres dits résiduels en Algérie – j'y ai pensé après.

*

Nous nous dirons bye sous le pont de Barbès. Salim repart demain, je n'ai pas à savoir où. « Ce qu'on ne peut pas dire... »
Ahfir ? Nador ? Oujda ?
Nous ne nous sommes pas embrassés, il était pressé – un rdeuve –, moi aussi.
Fissa au musée Picasso. *Mi maja me espera.*
Je dévale l'escalier du métro sous l'œil suspicieux des ninjas – Faute ! Toujours se souvenir de ce qu'on est à leurs yeux, ne jamais courir dans les couloirs, sortir son carton bleu bien avant de passer le tourniquet et le garder à la main tout le temps du trajet, ne pas aider les resquilleurs en leur tenant le portillon, etc. Première règle : ne laisser aucune occasion à l'ennemi.
Rémanence du rap en moi comme le sang bat aux tempes longtemps après un combat soutenu ou quand j'ai trop couru :

Va le dire à ton père
Va le dire à ta mère…

Les paroles m'obsèdent. Et l'air.

*

CLIQUEZ POUR ENTRER DANS L'HISTOIRE

— Tu as eu peur ?

— Oui et non. Pas vraiment. J'étais... comment dire ?... détaché. C'était moi et ce n'était pas moi. Je me regardais faire. Je me dédoublais. Comme à la boxe : moi, et celui qui se bat, tu vois ? Ou comme pour un romancier, si tu préfères : moi, et le héros du roman. Deux hommes en un.

— Mais une seule paire de.

— Oh ! Moh, toujours le mot pour rire.

*

La nuit du 5 au 6 janvier.

Dans la plaine des Angad ? Sur la route d'Ahfir ? Plus au sud ?

Quelque part. « Ce qu'on ne peut pas dire, il faut le taire. » Je n'oublie pas la consigne, Moh et Mort me l'ont rappelée avant mon départ.

À la lueur des codes, dans le noir, des chiens errants aux yeux jaunes de chat, décharnés comme des chacals, surgissent sur la chaussée défoncée, font face une seconde ou deux et grondent, puis disparaissent. Le givre glace les fondrières. Le grand taxi roule au pas vers la frontière. Je suis le seul passager, assis à l'avant.

Ce qui me fait soudain penser à Daniel, à Hambourg. Et me dire qu'il serait fier de moi.

La mauvaise route s'achève en piste, deux traces de roues dans une paille rase, des cahots à briser les essieux. La plaque votive coranique en plastique rose pendue au rétroviseur danse et tinte plus fort contre le pare-brise. Quel verset? *Guide-nous dans le droit chemin*... ? Le chauffeur se nomme Smaïl – je n'invente rien. Moi, Ahmed Ben Engeli. C'est le nom que je lui ai donné comme convenu, par la vitre ouverte, avenue du Sahara... Le nom que je me suis donné.

Le signe de reconnaissance, l'heure dite: tout s'est passé comme prévu. Il avait eu le message en temps voulu. Sa Mercedes est d'un modèle assez récent, les amortisseurs pas trop morts, les pneus pas trop lisses. Et ce n'est pas son premier « douz al-houdoûd ». Je suis à sa merci, en confiance – Bismillah.

Sans papiers. Je les ai laissés à Casa. Mieux vaut ne pas les avoir sur soi – autre règle. Rien dans les poches, à part des mouchoirs Lotus achetés ici, un bic et un carnet achetés ici aussi, quelques dirhams. J'ai jeté le ticket d'un concert à la Cigale – 120, boulevard Rochechouart –, retrouvé dans mon blouson: L'Orchestre national de Barbès! Et la grosse liasse des billets de cent, je l'ai glissée par une déchirure à hauteur du cœur sous la doublure en satin matelassé orange-détresse. Penser à tout.

Ne penser à rien mais me répéter la liste des choses à faire, dans l'ordre, et cocher mentalement les cases, au fur et à mesure.

Ou penser à :

Notre vie est un voyage,
Dans l'hiver et dans la Nuit,
Nous cherchons notre passage…

Reflets trompeurs sur le pare-brise. Smaïl a baissé sa vitre pour scruter l'obscurité. Il anticipe chaque cahot d'un geste amical, d'un mot – 'llah. Il ralentit encore, enclenche en douceur le point mort, éteint les phares.

Sur quoi s'est-il repéré ? Sur ces rochers apeurants, goules ou éfrits pétrifiés ? Ou sur les ruines d'un gourbi juste entrevues un peu avant ? Non, mais en contrebas, à la clarté du feu qui brasille dans un bidon en ondulé, accroupis en rond, je les vois maintenant, quatre soldats… Comme prévu. De retour à Casablanca, je noterai dans mon carnet les ombres fantastiques, les faces rougies, les flammèches – comme si je devais oublier un jour.

Je me souviens : leur donner deux cents dirhams à chacun. Le tarif.

Deux d'entre eux se redressent et montent vers nous sans se presser. Smaïl me confirme :

— Huit hundred, dit-il. Quatre fois deux. Fais-les voir tous les billets.

Moh m'a montré la manière d'exhiber en éventail les coupures bien dépliées, qu'ils puissent les compter d'un seul coup d'œil.

— Labès.

Celui qui a ramassé la mise nous indique que la voie est libre du bout de sa mitraillette. Il n'a pas prononcé un mot.

Le taxi redémarre. Nous roulons pendant quelques minutes encore, jusqu'au vide en surplomb d'un ravin.

Sur l'autre rive, l'Algérie.

Nous y sommes. Il n'y a plus qu'à attendre. La nuit est limpide et froide, infiniment étoilée comme elle l'est dans les contes orientaux. Je lis à Daniel *Les Mille et Une Nuits contées aux enfants* – oh ! nos méharées imaginaires, nos traversées du désert, nos bivouacs, rue Ordener ! La belle étoile – l'expression nous enchantait. L'erg ! le chamsin ! la hamada ! Le vocabulaire d'*Aventures au Maghreb*. Et ce que lui n'aura jamais connu : l'odeur suave de l'armoise, le maquis, une mission douz al-h'.

La vie.
— Était-ce donc ceci ?

Tout à coup, un bruit de satin qui se déchire dans le ciel. Un heb-heb ?

Non, une fusée éclairante révélant, un instant, un paysage lunaire.

Suit une brève rafale dans les lointains – putain.

Puis quelques tirs épars sur les hauteurs en face, des lueurs. Puis plus rien ; que le silence, venteux et glacé ; la lumineuse obscurité.

Je sais bien que la vie est un songe, mais mon calme me surprend. Je regarde l'heure : onze heures dix.

Smaïl n'a pas réagi non plus.

Il est onze heures vingt quand le portable vibre enfin dans ma main.

— « Revoir Paris. »

C'était le mot de passe. Je réponds à voix basse comme convenu :

— « Soyez les bienvenus ! »

Smaïl, par la vitre baissée, lance un appel de phares trois fois répété.

— C'est vu, me dit mon interlocuteur.

— C'est vu, dis-je à Smaïl.

Il met les feux de position, alors. J'éteins le portable. Nous marchons quelques pas vers le ravin.

Il me fait :

— Tu y les vois ?... Là.

— Non.

Je suis né citadin, je n'ai pas les yeux pour.

Il insiste :

— Là !

Je finis par distinguer trois points lumineux qui papillonnent dans le noir : leurs lampes de poche. Je siffle entre mes doigts. J'entends la caillasse du sentier s'ébouler sous leurs pieds. Ils s'essoufflent à gravir la pente si vite... Les voici enfin, les trois camarades inconnus dont je suis le passeur.

Eux murmurent, la main sur le cœur :

— Bonjour.

— Bonjour.

— Bonjour.

Et moi, en leur tendant la main à chacun :

— Marhaba, marhaba, marhaba.

Avant de monter dans la Mercho, l'un d'eux se retourne pour un dernier regard vers leur pays.

Un autre dit :

— Al-Jazaïr.

Rien de plus, mais tout est dit : amour, haine, miséricorde, colère, inquiétude, soulagement, honte, regret, défi. Tout à la fois. Et déjà la mélancolie de l'exil. *Ma Ychali* :

Les gens penseront tout bas
En passant devant nos tombes :
« Ce mort est un étranger. »
Reverrons-nous un jour
L'Algérie en paix ?

Dieu sait pourquoi j'ai pensé alors : le 6 janvier, le jour des Rois.

Demi-tour. Une heure de route encore, au mieux, jusqu'au lieu où un autre grand taxi les attend, où un autre passeur me relaiera. J'appelle sur le portable pour le prévenir que les camarades sont avec moi, sains et saufs. Et nous sommes à peu près dans les temps.

— C'est bon.

La zone est sous surveillance militaire, mais, par chance, c'est ramadan : moindre méfiance, moindre vigilance ; et les réjouissances de la nuit dans les villages traversés et les villes ; les boulevards illuminés ; les barrages levés.

Tout se déroule sans mais selon notre volonté. C'était écrit… C'est ce sentiment-là. D'une joie – si j'osais l'adjectif – inch'Allique.

Il est près d'une heure du matin quand nous parvenons au carrefour dit. La Mercho est garée sous un croissant de lune en néon vert encore éclairé malgré l'heure tardive. Le chauffeur est resté à l'intérieur. Le passeur, adossé à la portière, porte un pull rouge : c'est bien lui. Il rallume son mégot à la flamme d'un briquet : le signal qu'il n'y a pas de danger. Smaïl se gare à une centaine de mètres au-delà.

Un tas de gravier, une bétonneuse abandonnée, une baraque en contreplaqué moisi, le portrait du roi affiché sur la porte. Pas un humain.

Mais un chien qu'on ne voit pas aboie à la mort.

Terminé pour moi ici. Mission accomplie.

Les camarades descendent du taxi, ils me disent au revoir et merci. Et moi :

— Bismillah.

Smaïl manœuvre au milieu de la route.

Demi-tour. Appel de phares auquel répond l'autre taxi, qui s'avance. Salut de la main quand les voitures se croisent. Je me retourne.

— Tout va bien.

Les camarades sont montés dans l'autre taxi, qui redémarre. Je fixe les feux rouges arrière jusqu'à ce qu'ils disparaissent au haut de la montée.

Si Dieu le veut, ils seront demain soir en Espagne.

Si Dieu le veut, je serai demain soir à Casa. Et dimanche à Paris.

*

Le jour des Rois, Daniel s'était fait maraver grave pour une couronne en carton doré – un minot, huit ans à peine, ces fils de leur mère qui se disent nos frères ! En France. À Paris.

*

Nous avons appris que le passage avait été fermé depuis. Une chance, que personne n'ait été pris. Mais c'est un passage de moins. Et d'autres camarades sont menacés d'assassinat en Algérie.

*

J'ai fait une minime connerie – j'avoue. Du Maroc, j'ai envoyé une carte postale à Myriam. Signée, certes, l'*Ingénieux Hidalgo*, mais, bon. Autre règle : ne faire courir aucun risque à ceux qu'on aime. D'autant que la carte arriverait après moi, je pouvais m'en douter. Paulou-le-relou !

*

Apollinaire :

On sait très bien que l'on se damne
Mais l'espoir d'aimer en chemin
Nous fait penser main dans la main
À ce qu'a prédit la tzigane...

*

Mort :

— Ce que nous recherchons ? Inventer des situations, créer la surprise, agir là où personne ne nous attend. Surtout, demeurer incompris.

Moi :

— Pas vu pas pris, c'est ma devise.

*

Une armée des ombres dans un monde puissamment éclairé pour le journal télévisé. Une armée ? vous voulez rire : un tout petit détachement. D'engagés très détachés. Et sans armes.

La tactique ?

Des coups de main – aux deux sens de la locution. (Le dictionnaire : 1 – *Aide, secours* ; 2 – *Assaut exécuté à l'improviste, avec hardiesse et vivacité.*)

Voilà. Gestes discrets, mais réels, dans un monde réellement renversé, gestes pour la beauté du geste quand tout un chacun geint et revendique sa part de marché du ressentiment universel, de la compassion mondialisée. Guerre en dentelles, donc. Là où on ne nous cherchera pas. Loin des canons de l'humanitaire – de ses normes et de ses règles, j'entends –, à l'abri du spectaculaire. Un similimilitantisme, un militantisme fantaisie : pas d'autre mot d'ordre que notre bon vouloir, notre bon plaisir, la fraternité ; pas de manifestes ni de cris indignés. Solitaires solidaires... Et pas de stratégie, pas de but : aucun salut en vue pour l'humanité ! Pas de statuts écrits non plus. Bref, pas de parti. À peine un réseau.

C'est un combat douteux ? Ouais. Mais, dans *douteux*, il y a *doute* et il y a *doux*. Ce qu'on peut, on le fait, si on veut, quand on veut, rien de moins, rien de plus, pour des amis ou des camarades, ici ou ailleurs.

Vous voulez les noms, les adresses ?

Keutchi.

*

Mais la passion basse policière de la presse ! cette mentalité d'indic !

Moi :

— Putain ! Ce besoin de fliquer... Ils m'ont reproché aussi d'avoir dédié mon bouquin à L., L., Z., A., A., F. et P. ! de ne pas avoir donné les noms, les vrais, de mes amis, juste les initiales ! Mais qu'est-ce que ça pouvait leur foutre ?

Mort :

— Que tu n'aies pas donné tes amis, tout bonnement !

Moi :

— Chulés !

Au bout de la rue Labat, un lascar a tagué en arabesques des *Labès*.

« Ça va. »

Et, plus bas, boulevard Barbès, un autre a peint en rouge sang, gore, dégoulinant sur un mur aveugle, ce simple mot : *Sauvé*.

Sauvé de quoi ?

*

DES GARDES DU CORPS POUR CHIENS

*

Toujours des histoires de frontières, des histoires de papiers. Et des histoires de chiens aussi. Au Maroc ?

Non, ici.

Aziz :

— À Voltaire... Voltaire ! répète-t-il. Ffferney-Voltaire.

Il en bégaie encore. J'imagine très bien la scène au poste frontière. Sami au volant, lui à la place du mort, son labrador derrière. À la tombée du jour, l'heure de pointe des frontaliers. C'était une chance à courir. Ils laissaient passer – quoi ? neuf véhicules sur dix. Au moins. Plaques françaises ou suisses, sans distinction. Toutes immatriculations – allez ! J'y suis passé moi aussi, avec Salim et Mort. Je me souviens des portiques éclairés à *mort* : ces lumières jaune-orange qui vous cadavérisent en gris à travers le pare-brise. Et les flics avec matraques réfléchissantes, comme autant de figurines articulées d'un grand Legoland... Leurs gestes mécaniques pour vous faire signe de passer.

Aziz :

— Ma gueule ou le hasard ?

Toujours est-il. On leur a demandé, à eux, leurs papiers. Sami a tendu sa carte d'identité infalsifiable et plastifiée ; Aziz, son passeport algérien et la photocopie de son permis de séjour.

— Le schmidt m'a dit : « Le chien peut passer mais pas vous. » Il répète comme s'il n'y croyait toujours pas, en exagérant bouffe l'accent genevois : – « Le chien peut paasser mais paas vous. » Il ajoute : – Poli, remarque bien ! bien élevé : il m'a vouvoyé. « Le chien peut passer mais paas vous... » À Voltaihaire, mon ahmi.

Voile de béton, tunnel sous les pistes d'envol, signalisations, avions, cars de police, camions de pompiers, engins de levage, herses, lampadaires, bornes lumineuses, flèches au sol, stops, spots, x, drapeaux, croix rouge ou anneau d'étoiles sur fond bleu nuit, uniformes bleu nuit, cirés fluo, combinaisons de travail vert vif, casques blancs, casques jaunes, casques bleus, boléros de sécu-

rité... Legoland. L'Europe démocratique. L'Europe idéale ! Ferney-Voltaire.
— Nahan !

*

Mais Zoraïa m'appelle un soir à ce numéro où nous pouvons nous parler sans grand risque pour elle. Elle rentre d'Alger. Elle y a passé la fin de l'année.
— Les deux réveillons, dit-elle, les deux ! Noël, aussi, oui. En plein ramadan ! Ce qu'on a bu, Paul ! Ce qu'on a ri ! Du vin, et du bon, derrière les volets clos. Et des fêtes ! et des fêtes ! Des f'tours chez des inconnus... On ne sait pas trop comment on se trouve invité là : le bouche-à-oreille entre amis. Et jamais, je le jure, jamais chez aucun des pourris du régime, jamais chez quelqu'un qui approche de près ou de loin l'armée, non : entre nous. Tu ne peux pas y croire tant que tu ne l'as pas vécu. J'ai revu Nassim, dont je t'ai souvent parlé. Et Habiba. On a fait les fous, on a dansé ! Et pleuré un peu aussi... Ceux qui ont disparu et ceux qui ont été tués. Sept ans, sept ans que je n'étais pas revenue ! Je n'ai pas voulu revoir la famille. Les amis, seulement. Il ne faut pas plus d'une journée pour retrouver ceux qui ont changé d'adresse et ceux qui n'ont plus d'adresse du tout... Il suffit de demander. Ami ou ennemi, on sait d'instinct à qui on a affaire. Tout de suite ! On sait qu'on ne sera pas dénoncé. On le sait. On sait tout. Ou on le devine... Qui tue qui ? Cette blague ! On le sait très bien qui tue qui. On le sait très bien qui sont les massacreurs et qui les corrompus... Très bien, qui sont les

salauds. Il n'y a pas d'ambiguïté, au moins. Pas comme ici, au Maroc. Cela te choque, ce que je dis ?

— Non.

— Il n'y a pas cette... sournoiserie.

Le mot juste. Zoraïa tout entière. Son art singulier de la conversation, sa manière nerveuse et gaie de poser les questions et d'y répondre tout à la fois sans laisser l'autre en placer une. Et ce n'est ni indifférence ni vanité : quand elle t'écoute, elle t'écoute pleinement, avidement, les yeux grands ouverts fixés sur toi et sans te couper la parole. En bonne élève. La bonne élève qu'elle fut dans les années soixante au collège Diderot d'Aubervilliers.

— Zoraïa...

— C'est ce qu'il y a de beau là-bas. Inutile de cacher tes sentiments : ceux qui t'aiment les connaissent et, quant aux autres, leur seule idée est de t'exterminer sans discussion. Les choix sont plus faciles... Et c'est un peu difficile à avouer, oui, mais je me suis sentie tellement plus libre à Alger. Parce qu'il y a, au fond, beaucoup moins de conformisme chez nous... je veux dire chez nous, en Algérie. Il y a une beaucoup plus grande insolence qu'au Maroc. Une insolence, oui. Une...

— Ironie.

— Une ironie : c'est le mot. La vie y est plus dure ? Oui. Oui et non. La vie matérielle. Bien entendu, il y a les coupures d'eau, on ne sait jamais pourquoi. Et faire les courses, trouver chaque jour ce qu'il faut pour vivre, je ne dis pas... On y passe des heures. Et puis on a peur, parfois, on a peur. Mais la peur, on s'en arrange.

On fait avec, comme tu dis, toi. Tandis que l'ennui, ici, à Casablanca ! Cette tristesse qui m'est retombée dessus dès mon arrivée... Je vais te faire rire, Paul, et tu vas sans doute me trouver... comment dis-tu ?.... ah oui ! pueuse ! tu vas sans doute me trouver pueuse, mais j'ai compris, à Alger, le mot de Sartre : qu'on n'a jamais été plus libre que sous l'Occupation. Notre prof de philo nous avait donné ce sujet à *commenter et discuter*. J'étais scandalisée !

Ce rire ! Ce rire si original, ce rire si sonore qui la précédait dans la roseraie et sous les arcades du divan d'été le soir où j'ai fait sa connaissance, chez Noureddine.

Et Khadija, l'entendant avant de la discerner parmi les autres invités dans la pénombre bleue :

— Ah, voici Zoraïa ! Vous allez l'aimer, Paul. Une Algérienne qui vit ici mais qui est née en France.

Et Noureddine, à Khadija :

— Et qui, pas plus que toi, ne peut obtenir de visa pour y retourner.

Mais Khadija :

— Elle, au moins, a un passeport.

Et Zoraïa, qui s'avance alors et me tend la main :

— Un passeport algérien : rime avec rien. C'est vous, Paul de Barbès ? Vieille noblesse francaouie ? Moi, Zoraïa d'Aubervilliers.

Les souvenirs.

Pour une fois, je ne me sentais pas trop de trop au milieu de tous ces gens si chics. J'avais moins honte de mes négligences de naa'htif de Paris-18e. Zoraïa, pourtant, parlait absolument comme eux : h aspirés aspirés, liaisons, explétifs, inversions du pronom, imparfaits du subjonctif et le toutim, putain ! Mais je ne sais quoi en plus, un sens de la dérision… J'ai cru à un lapsus quand je l'ai entendue dire :

— Je suis hassanée !

Pour : assommée ? harassée ? tannée ? Non : un mot qu'elle avait inventé mais dont on saisissait sans peine le sens. Elle a de ces audaces qui font frémir ses amis marocains. Tout comme elle prononçait le nom de l'ancien président de la République algérienne démocratique et populaire en détachant bien le o du u : Zero… ual.

Elle m'a dit de but en blanc :

— Je vais demain à Salé, pour affaires. Si tu ne connais pas Salé, et que tu n'as rien de mieux à faire, tu peux toujours m'accompagner. Oui ? Il y a une heure et demie de route, tu me parleras de Paris.

Les souvenirs !

Cette terrasse de la plage des Nations, friture et bière, paquets de vent sableux qui claquent dans le dais de toile rayée blanc et bleu et font s'envoler papiers gras et gobelets, avec les cris des gamins courant vers l'eau main dans la main, des bribes de son histoire, son rire au bord des larmes, un désespoir vague, cinq heures du soir, le ressac.

— Et cetera, dit-elle, et cetera.

Une canette vide roulait sur le ciment. Le dossier du fauteuil en plastique moulé imitation rotin me quadrillait le dos. J'ai pensé : au bord de l'Atlantique, un peu au nord de Salé. Et puis au *Vous êtes ici*, sur les plans de quartier, à Paris.

Toujours elle y revenait :

— Paris, Paul, dis-moi ! Paris !

— Que veux-tu que je te dise ?

Elle ressemble à Maman. En plus parisienne que Maman : maquillage, cheveux courts, talons hauts. Seulement trois ans de moins que Maman : douze ans le 5 juillet 1962 – son anniversaire tombe le jour de l'Indépendance.

— En 68, dit-elle, j'allais avoir dix-huit ans, mon père a décidé tout à coup qu'on rentrait au pays, je n'ai jamais compris pourquoi. Il a fallu le suivre sans discuter, mes frères et moi. Voilà. C'est comme ça. C'est la vie. J'ai oublié mes lunettes noires au...

Je lui ai tendu les miennes, avec lesquelles je jouais. Elle les a mises : elle tournait le dos à la mer et se tenait dans l'ombre du dais... Mais ces larmes qui lui venaient, sa pudeur.

Puis elle a pris mes mains et feint d'y lire mon destin dans les lignes.

— Tu retourneras dans ta patrie plus vite que tu ne crois, Paul. Le Maroc n'est pas un pays pour toi.

— Mme Solal me le dit tous les jours !

— Tu es aimé des femmes, Paul.

J'ai pouffé. Et j'avais envie de... Quoi ? De derrière mes lunettes noires, a-t-elle lu dans mes pensées ? Bizarrement, elle a ajouté :

— Restons amis, Paul. Amis. Tu retourneras dans ta patrie plus vite que tu ne crois.

(Ma patrie.)

Mais il fallait rentrer. Elle devait aller à une veillée de condoléances chez des voisins. Nous avons repris l'autoroute et roulé toutes vitres ouvertes, ziquemu à donf : elle avait coincé une fois pour toutes le sélecteur de son autoradio sur un poste de l'autre rive – Zoraïa disait « l'autre rive », sans plus. FM Éxito Europa.

Sé bien que la vida es sueño.

*

Hâfiz :

Nous n'avons que dix jours d'enchantement sur terre : sers-toi, pour tes amis, de ce temps éphémère.

*

Rachid Taha :

J'ai bien sûr mon idée sur ce qui se passe, mais je ne suis pas plus spécialiste ou mieux informé qu'un autre. Ce que je pense n'a rien à voir avec le fait que je suis algérien. Je crois donc, à ma fenêtre, que la société algérienne est une société profondément anarchiste et individualiste, où se poursuit une lutte de clans qui dure depuis au moins trente ans. Aucun pays du monde arabe n'a une telle liberté de ton.

*

Les Yahia :
— On a su ça, on a couru au consulat…
— Gueuler que c'était dégueulasse !

— On s'est retrouvés seuls comme deux cons devant la porte qui était gardée par deux keufs de bitume en pare-balles…

— Deux manifestants selon les organisateurs, deux selon la police. Pour une fois d'accord.

*

CONDAMNATION CENTRALE DES PORTES
LE PLAISIR RETROUVÉ

L'hôtel Salé, où est installé le musée Picasso. Myriam y travaille actuellement aux archives. Elle m'attendait sagement sous le porche – My, ma mie, mon amour, ma houri, mi maja, hourra ! Je sprinte.

— *Just !*

Nous comparons nos montres.

— Le fuseau horaire de Barbès n'est pas celui du Marais.

— Oh ! trois minutes ! J'ai tellement couru, mes semelles chlinguent le caoutchouc cramé...

— *¡ Gracioso !*

— *Just a kiss !*

— Ta carte est enfin arrivée ce matin, l'Ingénieux Hidalgo !

— Dix jours après moi, bravo. Mais tu n'es pas ma Dulcinée...

— Ah ?

— Tu es vraie, toi. Tu es réelle.

— Ah ? Bonne nouvelle.

— Je ne t'ai pas imaginée.

Ce regard en dessous mais si tendre, sa manière de tendre les lèvres ou de relever la lourde masse de ses cheveux sur l'oreille, puis de les laisser mollement retomber... Composer un ghazel à la Hâfiz, pour ma belle aux yeux de gazelle ? Oser braver le ridicule inhérent à toute poésie amoureuse pour chanter sa beauté, ses seins, ses fesses et, en envoi, porter noir sur blanc ma promesse : nous ne nous marierons pas, mon amour, et je te fais le serment que jamais nous ne pacserons non plus – quel mot ! Jamais il n'y aura entre nous d'autre contrat que notre volonté tacite de reconduire notre amour, au jour le jour, sans penser à demain. Seul nous retiendra l'amour.

Un amor hasta la muerte, nous a prédit la Gitane des jardins du Retiro. Elle était hideuse, obèse et borgne, les volants en soie noire de sa robe lilas déchirés. J'ai ramassé un sequin doré dans la poussière de l'allée et je l'ai gardé en gage. Myriam n'a pas voulu qu'elle lui lise dans l'autre main ce qu'elle ferait de sa vie.

On sait très bien que l'on se damne...

Je lui chuchote à l'oreille :

— Ta bouche, ta bouche... » Et plus bas encore : « Ta teucha, ta teucha, ta teucha !

— Idiot !

— Don Quichotte au sang chaud...

— Ha ha.

— Toi chez ? Moi chez ?

Hier, c'était chez elle ; ce soir, ce sera chez moi. Quelquefois, cela se joue à pile ou face, il n'y a pas de loi.

*

Vivre sa vie comme à pile ou face, et que la pièce retomberait miraculeusement sur le… quel est le mot?… ah oui: listel…, y tiendrait en équilibre indéfiniment. Souvenirs, instant présent, projets – tout à la fois.

*

Dans ma chambre sous les toits, je n'ai toujours pas accroché le grand miroir acheté aux puces l'an dernier quand je suis rentré en France. Il est posé contre le mur, coincé par le lit.

Un homme et une femme, toi et moi. Paisible partie carrée de deux voyeurs innocents. Double plaisir: notre désir et son reflet. Dans la réalité – le volume des corps nus, un peu gauches – et dans la profondeur plane de la glace. Myriam et Paul. Comblés par ce sentiment vague du vide. Ici et maintenant, et ailleurs, dans les lointains d'une pure surface argentée: l'image exacte de notre amour.

L'amour flou, l'amour fou.

*

Un amour fou? C'est la seule sagesse. Que serait donc un amour sage, entre nous?

*

La pluie a cessé au milieu de la nuit. Dans l'œil-de-bœuf, au-dessus de ma table de travail, *ciel bleu rehaussé de rose, amas cubiste des toits en zinc et des cheminées*.

Myriam dort encore, je me suis levé pour noter cela.

Et tout est bien.

*

Elle commence à neuf heures au musée Picasso. La réveiller en douceur, piano piano. Musique, mais quelque chose de très doux, très bas – les improvisations à l'oud du Foundou de Bechar, Alla ? Avec café noir et biscuits à l'anis et sucre glace fabrication Zaïa. Ou, non, du Ravel : ce disque de piano qu'elle m'a offert – *Valses nobles et sentimentales, Pavane pour une infante défunte, Miroirs.*

Miroirs. L'*Alborada del gracioso*.

— Merci pour l'aubade, mais un gracioso n'est pas ce que tu crois : c'étaient les bouffons difformes, les bossus, les nains, les monstres qu'on appelait par dérision gracieux.

Je grimace affreusement.

— Bon, l'aubade du bouffon. Comme tu voudras.

— Tu es con !

— Je suis un con qui s… t'adore.

— Quel jour on est ?

— Le 20 janvier 1999. L'Aïd es-Seghir.

*

— Tu me cherches ?

— Ouais.

— Viens te battre, si tu es une femme !

*

TOUS LES GAGNANTS AVAIENT JOUÉ

Pages de mon journal, feuilles détachées d'un cahier à spirale retrouvées dans mon souk :

20.I.98

Chouïa chicaïa avec Myriam. Une heure après, je ne sais absolument plus pourquoi, à propos de quoi. Parole. Sans doute parce que nous étions, au fond, de fait, absolument d'accord. Ce vertige, parfois : nous n'en pouvons plus d'un tel accord parfait. Il n'y a plus de jeu – au sens : défaut de serrage, flottement, vide, espace – entre nous. Le jeu – au premier sens du mot – consiste donc à inventer des sujets de. Trouver de quoi se faire une scène, pour rire. Un peu de discorde.

Jeu dangereux.

« La vie n'a qu'un charme vrai : c'est le charme du Jeu. Mais s'il nous est indifférent de gagner ou de perdre ? » Baudelaire, *Fusées*.

Ah si ! je sais pourquoi : le Maroc. Elle prétend que je n'en ai pas encore fini, que j'aurai toujours un peu la nostalgie de Casa.

21.I.98

Tu te bats contre des moulins à vent ? Pas seulement. Tu te bats avec toi aussi : tu te bats contre toi. Équivoque des mots. Comme au shadow boxing devant la glace, où tu es et toi et ton adversaire, où tu dois te regarder bien en face pour mieux esquiver tes propres coups, décocher droits et crochets dans le vide afin d'obtenir ta plénitude, t'épuiser et t'endurcir à la fois dans cet échange fictif. Meilleur tu seras contre toi, meilleur tu seras pour toi. Auteur et personnage de ton roman.

Ne pas céder. Ne rien concéder au social : service après-vente, tournées des écoles, débats, signatures et le toutim – l'écrivain en animateur culturel ou en représentant de commerce. *Bave et paillettes*. Oualou !

Continuer de te battre sur le seul terrain de la littérature : « Qu'on me juge uniquement sur ce que j'écris. »

Donc, strict incognito. Et s'y tenir.

Paranoïa ? Y a.

Casa : difficile aujourd'hui. Souvenirs, Daniel. 'Llah.

22.I.98

Ce qu'on veut de toi, c'est un numéro : le Beur écrivain, le Beur de service, le Beur médiatique, le Beur sujet de société, le Beur d'intervention, etc. Mais faire son numéro, c'est risquer de très vite devenir un numéro. De porter un numéro, un dossard. De n'être plus qu'un numéro. Numéro tant... Au suivant.

Au suivant. Albert me dit que plusieurs éditeurs sont déjà à la recherche de leur auteur beur de la rentrée prochaine. Il nous faut d'autres Smaïl ! Et vite ! Quadrillage des cités par des commandos de conseillers littéraires, descentes à la Goutte-d'Or. Chasse au faciès. Au besoin, ils feront fabriquer par des nègres. Mais d'abord trouver des gueules. Basané frisé : succès assuré.

UNE NOUVELLE GÉNÉRATION DE POUBELLES INTELLIGENTES

Sami :

— Attends-toi au pire.

Flip en soirée.

Trois heures sous l'œil-de-bœuf, pas un mot.

24.I.98

À chier chez Monsieur Luis. Pas un. Mou du gauche : de la main qui écrit à la main – qui est la main qui tient la souris aussi, la main qui bleuit l'écran. C'est l'index droit qui efface.

Casa n'avance plus. Effacé quatre pages.

Toujours Daniel.

25.I.98

Comme hier. Pire: alourdi du dimanche.

Effondré. Que dalle.

La page blanche: l'écran vide.

H'chouma.

26.I.98

Foncedé grave. Faudel à donf, chicon et trop bu. Pensé toute la journée à Daniel. Rien foutu. *Abadou*.

27.I.98

Kif.

el'Atti ou hna' abadou
el'Atti ou hna' abadou
el'Atti ou hna' abadou

28.I.98

Retourner à Casa?

*

Je pensais ne pas retourner avant longtemps au Maroc. Tandis que j'écrivais *Casa, la casa*, je retrouvais toutes les raisons que j'avais eues d'en repartir définitivement, deux mois auparavant, fin novembre. Les derniers jours à Casa, je les avais vécus comme une délivrance, la fin d'un exil subi – la quille. Je comptais les jours. Valise bouclée deux jours avant le départ, tournée d'adieux aux amis, sadaqua et petits cadeaux à tout va pour épuiser mes derniers dirhams... Et au dernier moment, au lieu de profiter des derniers moments, comme on dit, vautré tout habillé sur le lit, je relisais *Une saison en enfer*. Et j'étais plus d'une heure en avance à l'aéroport – plus d'une heure avant l'ouverture de l'enregistrement. Et sur l'autoroute d'Orly à Paris, je chantais *Douce France*.

« Tcher pays de mon henfaince que j'ai ghardé dans mon cuheur... »

Oui mais. Peu à peu, ce sentiment insidieux d'avoir laissé derrière moi quelque chose d'inachevé, d'avoir raté l'aventure que je m'étais promise, d'avoir esquivé les risques d'un exil voulu... Dieu sait.

D'avoir manqué de couilles, oui ! Et d'avoir fui, vexé de n'avoir pas été à la hauteur de mon attente et de mes illusions. La honte, surtout, la honte d'avoir eu la vie facile dans un pays dont les pères de mes père et mère avaient été chassés par la misère, la honte d'avoir fréquenté des gens qui ne m'eussent pas – concordance des temps comprise – traité avec autant d'égards si j'avais été, comme eux, marocain. Mais aussi, quelques jours après mon retour fin novembre, un soir, une question, à peine une question, une remarque de l'ami Diop, une remarque bien innocente que je n'avais pas relevée sur le coup mais qui, depuis, avait poursuivi son silencieux travail de sape en moi et me minait encore deux mois plus tard :

— Et ta famille revoir, jamais cherché tu as…

Putain, non. J'avais des noms, des adresses assez vagues mais des adresses : de lointains cousins inconnus dans le Rif, d'autres à Fès. En six mois, pas une seule fois l'idée ne m'était venue de leur rendre visite ; d'essayer, au moins. Pas plus que je n'avais eu la curiosité d'aller voir les lieux de naissance de mon père ou de ma tante Zaïa. H'chouma (aujourd'hui que je ne soulignais plus les mots arabes pour qu'ils soient composés en italique). Et malaise tenace à la pensée que j'étais resté étranger – en étranger, à l'étranger. Roumi malgré moi. Francaoui francaoui. À part me faire cirer les pompes assis à la terrasse d'un café… Mais si je m'étais senti un tant soit peu plus marocain, est-ce que, justement, je ne me serais pas fait cirer les pompes assis à la terrasse d'un café ? Sans ridicules scrupules d'Occidental. Sans penser à mal.

*

Mi-Roumi, mi-Rebeu, selon Sami.

Plus Roumi que Rebeu, selon Diop.

Roumi-Barbès-Rebeu-Berbère, selon Myriam.

« Et à la colle avec une Juive, pour tout arranger ! »

*

Alors que Mme Solal me disait :

— Vos racines ? Foutaises. Vous n'avez rien à fiche ici. Ce n'est pas votre pays.

Et Zoraïa :

— De nulle part : c'est une chance aussi.

Mais toujours ce sentiment lancinant d'avoir trahi, toujours ce poids d'une faute indéfinie et d'autant plus lourde à porter.

— Quand cesserez-vous de vous juger, et de mal vous juger ? me demandait Mme Solal.

Je voulais la revoir, reprendre la conversation où nous l'avions laissée et qu'elle m'aide à voir plus clair en moi. Quelque chose était resté en suspens, irrésolu. Je me rappelais la douceur de certains soirs dans le jardin de Mers-Sultan. Les nuées de moucherons qui obscurcissaient les lampes, une odeur prenante de croupi, de jasmin, de gaz, d'aloès, d'oranger... Mme Solal, en caftan écarlate, magicienne inspirée, me parlait de Freud, ou des ghazels d'Hâfiz. Le grincement aigu de sa chaise berceuse ponctuait ses paroles, j'étais suspendu à ses lèvres. Et parfois, tandis que je m'évertuais à suivre de l'œil la subtile géométrie des entrelacs, rosaces et arabesques du carrelage – les zelliges –, la sensation fugitive de dénouer les fils du destin ou de saisir, un instant, l'énigme de l'existence... Quoi ? Mais rien. Rien. Ça.

Je me rappelais aussi un soir où, chez Noureddine, Leïna s'était mise au piano et nous avait joué je ne savais pas quoi – un putain de mouvement andalou, à la fois lent et valsé, et méditatif, et dansant et gai, et obsédant, et chagrin à pleurer... Et moi, comme un connard, qui n'avais pas osé demander ce que c'était ! J'avais eu peur, soudain, de puer Barbès. Comme au temps où je me lavais dix fois les dents avant de courir retrouver Myriam. J'avais eu peur de puer ma race – Paulou-le-relou !

Il fallait que je revienne. Fin janvier, j'en étais à me dire *revenir* et non plus *repartir* : en pensée, j'étais de Casa ; je me trouvais déjà là-bas, à Casa. Et j'avais laissé tomber *Casa* – le livre.

Chez Sirènes Voyages, on m'a trouvé un billet d'avion et six nuits au Noailles à prix cassé. Départ le 3 février, retour le 9. J'en ai seulement avisé Maman et Myriam, et je n'ai prévenu personne de mon arrivée à Casa.

*

À l'aéroport, le portrait géant d'Hassan II – *Que Dieu le glorifie ! Qu'Il éclaire son règne et élève la teneur de sa foi !* Les toutes premières choses vues, la première fois. La première déception retrouvée. Le présent restitue le passé, le reconstitue avec la précision un peu nauséeuse d'une vision. Déjà-vu ! Déjà-vécu ! Mais le ciel de février est d'un gris sale, et les talus de l'autoroute sont ravinés par les pluies diluviennes tombées la veille. Sinon, c'est tel que le décrit l'auteur de *Casa, la casa* : *cette agglomération, non, cet agglomérat de boues rouges, parpaings, épaves, ferrailles et détritus qu'on appelle encore Casablanca, les décharges, les gourbis, les terrains vagues, les ruines neuves de quartiers éternellement inachevés…*

Le temps de remplir la fiche de police et de déposer mon sac marin à l'hôtel, puis, par le boulevard du 11-Janvier, j'ai repris machinalement un de mes parcours habituels – Liberté, Alsace-Lorraine, Mers-Sultan.

Me voici devant Mon Petit Trianon. La grille du jardin coince toujours un peu, et les filaos, les aloès, les nopals sont d'un gris-vert moisi plus terne encore qu'ils n'étaient lorsque je suis parti, fin novembre. Aïoucha n'a pas l'air autrement surprise de me voir. Mme Solal est sortie, Mlle Khadija pas encore rentrée de son cours du mardi à Ben-M'Sik.

J'ai dit à la jeune esclave berbère que je serais de retour d'ici une heure ou deux.

J'ai hélé alors un petit taxi sur le boulevard Victor-Hugo. Et, en m'asseyant devant, j'ai su brusquement pourquoi j'étais revenu – je l'ai su. J'ai demandé au chauffeur de me conduire au marabout de Sidi Abderrahman.

Le boulevard du Lido dévale vers un couchant rouge violacé qui confond l'océan au ciel – j'avais oublié que la nuit tombe plus vite à cette latitude. Aïn Diab est désert, les piscines vides sont autant de grandes tombes bleues creusées dans la digue, et la spirale d'un plongeoir s'élève hors saison comme une absurdité sacrée coulée dans le béton. Un gamin s'amuse à mimer des bonds et des rebonds au milieu du cadre d'un trampoline dont la toile a été enlevée. La marée est au plus haut.

Arrivé devant le sanctuaire du wali d'Allah, je demande au taxi de m'attendre. Je descends, je m'accoude au parapet : je ne pourrai pas descendre jusqu'à la grève où sous un ciel blanc aveuglant j'ai dispersé les cendres de mon frère, l'an dernier, à marée basse ; la mer a recouvert jusqu'aux rochers jonchés d'épaves et de linges sacrifiés après les purifications rituelles. Et c'est comme si les vagues et l'obscurité avaient déferlé sur les mois écoulés depuis ce matin d'été où j'ai ouvert l'urne ; où j'en ai jeté le contenu au vent, à la volée.

Elle est retrouvée !
Quoi ? l'éternité.

Comme si tout était maintenant submergé, lavé, aboli, disparu, et que je pouvais enfin rentrer définitivement en France.

La nuit est là.

Tu vis, tu meurs. Tout a un sens, rien n'a de sens. Ce que tu crois avoir voulu, ton destin en a décidé. Tu es béni et tu es damné. L'un et l'autre. *Vivre me tue.* Contradiction dans les termes ? Oui et non. J'étais gardien de nuit ; j'ai écrit ce roman qui n'en est pas un pour tenir la promesse que je t'avais faite de raconter notre histoire, Daniel ; des milliers de gens l'ont lu, des centaines m'ont écrit ; ils s'y sont reconnus. Ils me disent que c'est leur vie que j'ai mise dans un livre – leur rage, leur humiliation, et leur fierté aussi. Imaginer l'aventure kif kif la vivre : on le savait, nous. R'ajoulaïn ! J'étais le capitaine de quinze ans, toi mon second, rue Ordener. J'étais Sindbad, j'étais Achab, tu étais mon frère ; je te disais, au moment de lever l'ancre imaginaire :

— Tu dors, Queequeg ?

Tu me répondais :

— Oui.

Tu dormais ou tu ne dormais pas. Ce n'était pas de jeu, mais tu avais raison : là n'était pas la question. La pièce n'est retombée ni pile ni face mais sur son listel : la réponse est oui, la réponse est non – c'est sans importance. La nuit est là.

*

Daniel :
— Attends, tu déconnes !
Moi :
— Je déconne, petit frère.

*

— Abraham l'a voulu : la descendance d'Ismaël vivra sous la tente...

Sous la tente stérile en plastique translucide où il dormirait sa dernière nuit, à la Krankenhaus, ce zigzag vert lumineux sur l'écran, c'était sa vie. Mais là, sur l'autre écran, où il neigeait, cette masse molle, cette baleine blanche échouée, son cœur, son cerveau ? Quelque chose de lui ? Et, si oui, quoi ? Ça ne bougeait pas.

— *Was ist das?* Putain ! *Was ist das?*

*

Maintenant que je savais pourquoi j'étais revenu à Casa, je pouvais repartir dès le lendemain.

Mais non, je ne pouvais pas repartir dès le lendemain : je ne pouvais pas changer la date de mon retour.

— Pourquoi ne m'avez-vous pas prévenue de votre arrivée, Paul ? s'est écriée, en m'accueillant, Mme Solal. Qui vous héberge ?

— Je suis à l'hôtel.

— C'est un affront que vous me faites !

Et Noureddine aussi me reprochera de ne pas lui avoir demandé l'hospitalité : je n'avais donc rien appris ici ?

Et Zoraïa, dans un grand éclat de rire :

— Ouili ouili ouili, il se croit à Paris !

Que leur répondre ?

Que j'étais là pour une semaine ? L'argument se retournerait contre moi : une semaine seulement ? Raison de plus. Ils m'auraient aussi bien invité chez eux quinze jours ! un mois ! deux ! trois !

Ou – ridicule et vulgaire : que l'ex-gardien de nuit du Modern' avait maintenant de quoi se payer six pourlanes dans un plume à cent quatre-vingts balles ?

Ou – plus ridicule et plus vulgaire, et pour eux plus vexant : que j'avais eu peur de déranger ?

Ou – encore plus ridicule et plus vulgaire, et plus vexant, et à vrai dire inconcevable : que je voulais garder mon indépendance ? Liberté ! Liberté chérie !

*

Gedouane :

— En France, je crève de l'indifférence des gens. Au Maroc, je crève de leur... sollicitude ?

— Sollicitude. C'est le mot. Mais où tu te sens le mieux ? Ou, du moins, le moins mal ?

— Entre Algésiras et Tanger, sur le pont du bateau, au milieu du détroit.

*

Myriam, lisant sur mon épaule malgré l'interdit :

— *Pourlane ?*

— Pour la nuit, mon amour. Il y a des dormes où on peut demander la piaule pour une plombe ou deux...

— Ah oui ?
— Myriam !

*

Retrouvé dans mon souk, aussi :

10. II. 98
Rentré hier soir de Casa, me suis remis aujourd'hui à *Casa*. Allégresse. Une dizaine de lettres de lecteurs m'attendaient. Le flot de courrier n'a jamais tari. Selon Mme Solal, une responsabilité nouvelle : c'est aussi pour eux que j'écris maintenant. Non : c'est aussi à eux que j'écris maintenant. Nuance.

Je vous donne des nouvelles du monde réel.

Je suis comme vous, de Barbès, et mon histoire est un peu celle de votre frère Daniel. Rebeu, pédé, pas de boulot, etc. Je me suis pas tiré à Hambourg, mais à Francfort. Je bosse pas dans un peep mais je fais un numéro de trave dans un club je vous dis pas. Céline Dion, Verona Feldbusch... J'ai la honte. Souvent je fais un rêve que mon père (lui, il est encore en vie, Dieu merci) monte sur la scène et me dérouille à mort devant le public et le public laisse faire. D'ailleurs, si ça devait arriver vraiment, les mecs croiraient que ça fait partie du spectacle peut-être. Peut-être que ça les ferait marrer.

*

Je suis fils de harki, mon père avait un frère au MNA et un frère au FLN. Lui, il avait choisi la France. À quoi ça tient, hein ? J'ai le même âge que vous, je suis né en 1970, au camp de Bias. Il faut qu'un écrivain comme vous écrive un jour ce qu'était le camp de Bias, et qu'il dise comment notre pays a traité nos parents. Ce n'était pas beaucoup mieux qu'un camp de concentration. J'ai encore aujourd'hui la vision des grillages. On était tenus pour des sous-hommes

*

Si aujourd'hui vous vivez parmi nous au Maroc, il faut que vous sachiez le sort des Arhagas, nos compatriotes qui tentent d'émigrer clandestinement en Europe. Il faut que vous sachiez que les noyés se comptent par centaines dans le détroit de Gibraltar, et qu'il y a des désespérés qui détruisent leurs papiers d'identité marocains et ne peuvent pas obtenir de secours, une fois sauvés, parce qu'ils sont considérés comme morts. Ils n'existent plus aux yeux de l'administration mais souvent aussi à leurs propres yeux. Ils nient leur existence tant ils ont honte d'avoir échoué.

Notre mouvement peut vous fournir de nombreux témoignages, des preuves. Et vous, vous seriez écouté.

*

Ces éloges, c'est un vieil instituteur de soixante-dix-huit ans, Français d'origine algérienne, qui vous les adresse…

*

Je suis « de souche » mais je me suis reconnu dans le livreur de pizzas bac plus 5. Moi aussi, tu sais, on m'a fait remplir le questionnaire « Combien de fois par jour vous vous lavez les mains, combien de fois par semaine vous changez de slip... ». Et après que j'ai eu répondu par écrit aux trente questions, on m'a fait passer un test pour vérifier si je savais lire couramment. Juste histoire de m'humilier un peu plus.

*

Maximum respect. Youcef. Rue Ordener.

*

Ils raflent de nuit les gamins abandonnés qui dorment dans la rue à Casablanca, et ils les amènent à ce camp. Des baraquements sordides, pas un arbre, des grillages électrifiés de cinq mètres de haut... Et on ne peut pas savoir ce qui se passe. Personne n'a pu obtenir à ce jour de droit de visite.

*

Avec nos pères, ça va encore, ils nous aiment malgré tout. C'est avec nos frères qu'on a le plus de mal, nous, les filles. Ils nous terrorisent pour se donner de l'importance. C'est leur seul moyen de se valoriser. Comme vous dites : « Je ne peux décidément plus supporter cette fausse fraternité, leurs rivalités si mesquines, leurs mentalités de petits chefs, et leur peur obsessionnelle de passer pour des pédés ! des enculés ! » – J'aurais bien aimé vous avoir pour frère.

*

Vous avez raison de rester inconnu, de refuser d'aller faire bouffon à la télé. On se fait salement manipuler. Moi, on m'a offert cinq mille balles pour jouer dealer dans un reportage bidonné sur la dope dans les cités. J'aurais eu droit à la mosaïque pour qu'on me reconnaisse pas, mais quand j'ai demandé aux journalistes de m'écrire les conditions, au moins pour que je sois pas emmerdé après si les keufs se procuraient une cassette, ils ont dit non.

*

Le pire, c'est la haine de soi. Un jour, dans le métro, j'ai traité de sale bougnoule un Nardène qui me faisait chier, moi, Khaled.

*

J'ai changé de prénom, je ne me faisais plus appeler Fatima, mais Françoise. Je me suis fait teindre en blonde. Je portais des lunettes noires pour cacher mes yeux. C'était l'horreur, je devenais folle.

*

Quand j'ai dit à mon père que je ne retournerai jamais en Algérie, et lui non plus, sans doute, le lendemain, à l'usine, il a eu un accident sur le tour – deux doigts sectionnés. Exactement l'histoire qui est arrivée au père de Rachid Taha. La punition, quoi.

*

Je me souviens très bien de la grande grève et des douceurs que votre tante Zaïa nous apportait aux ateliers Paris-Nord.

*

Merci de m'avoir donné envie de lire Moby Dick, *Ismaël !*

*

Myriam :
— Tu as remarqué ? Les seuls qui te tutoient sont les « de souche ». Mais entre vous, enfants d'immigrés, c'est « maximum respect ».
Moi :
— Non, je n'avais pas remarqué.

*

Maximum respect, oui, mots d'amour, de fraternité, encouragements à camper sur mes positions secrètes et rester sourd aux sirènes des Massmed'.
Ceci, d'un certain Abdelaziz, d'Ivry :

Pas étonnant que ces salauds nient votre existence. Ils ne font jamais autre chose que de nier notre existence, y compris quand ils parlent de nous, que ce soit en bien ou en mal, puisqu'ils ne nous jugent pas en tant qu'hommes mais en tant que Beurs. Le chanteur beur, l'avocat beur, le médecin beur, le flic beur, etc. Et maintenant l'écrivain beur, vous. Le préjugé favorable des uns vaut à peine *mieux que le pré-*

jugé défavorable des autres, c'est toujours un préjugé.

Ou, si beau que j'ai la gorge nouée en le relisant, ceci, d'une certaine Assia, des Lilas :

Ne vous faites pas banaliser, ne vous faites pas normaliser. Laissez-nous continuer de vous imaginer, ne vous expliquez pas, ne vous montrez jamais, c'est la seule façon d'éviter le malentendu. Restez romanesque.

Rester romanesque ! « Insaisissable », m'avez-vous recommandé aussi dans votre première lettre, Assia, qui avez d'emblée tout compris et visé juste – au cœur. Ouili ouili ouili !

Au courrier suivant, nous nous tutoierons. Tu me diras avec une infinie pudeur quel enfer t'ont fait subir tes cinq frères, comment ils te djihadaient ces fils de leur père, comment ils ont rectifié au cut le keum de la téci que tu sortais avec, et qu'ils t'ont séquestrée ensuite, mais que tu t'es enfuie de chez toi par le balcon au moyen d'un drap noué – *romantique, non ?* notes-tu ironiquement, en interligne –, que tu t'es réfugiée chez une sœur de ta mère qui t'a cachée pendant près d'un an, jusqu'à ta majorité ; que tu dormais dans sa cave, que tu as réussi à poursuivre tes études malgré tout, que tu n'as pas sombré... Tu travailles dans une librairie aujourd'hui. Pour la première fois, on ne t'a pas trouvée « trop typée pour le job » ni « trop qualifiée » – ouais, je sais, c'est ce qu'on te répond la plupart du temps. C'est ce qu'on me répondait.

C'est à toi que je dédie ce ghazel de mirliton :

À la lectrice de Vivre me tue
À qui aujourd'hui je dis tu,
Assia, des Lilas, ma sœur ou presque,
Je fais le serment de rester romanesque,
Et de ne pas me donner en spectacle,
Mais de vivre comme Zidane tacle,
En loucedé, pas vu pas pris,
La liberté est à ce prix.

*

— Qui sont ces porcs qui disent que j'ai un caractère de cochon ? Ils ne me connaissent pas, ils ne m'ont jamais rencontré. Et je réponds aimablement aux bafouilles. Bésef bafouilles !... Pas à toutes, je n'y arriverais pas, mais à toutes celles qui m'ont touché.

Sami :

— Baudelaire disait qu'il faudrait ajouter aux droits de l'homme celui de se retirer.

*

Mais il y a aussi ces questionnaires que m'envoient des professeurs : – *Pourquoi écrivez-vous ?* – *Depuis quand écrivez-vous ?* etc. J'apprends ainsi que mon roman est du *matériel pédagogique,* un *élément utile à une socialisation citoyenne des élèves* (sic ! sur la vie de ma mère), et que je dois venir à la rencontre de mes jeunes lecteurs *pour leur redonner espoir* ! Après l'auteur en animateur socioculturel, l'auteur en prédicateur ! l'auteur en saint ! l'auteur en Christ ! l'auteur en Prophète !

En vérité, je vous le dis, c'est la promesse d'Allah… Mais c'est un roman que j'ai écrit, un roman autobiographique mais un roman ! Un roman dans lequel, au passage, je rends hommage à mon professeur de français, M. Hamel, pour nous avoir enseigné, lui, que la lecture était affaire personnelle, affaire privée. Je dis qu'un écrivain est dans ses livres et seulement dans ses livres, qu'il ne doit plaire que dans ce qu'il écrit. Pas de paillettes, pas de plume où je pense, et pas d'estrade non plus : des phrases, des phrases – noir sur blanc. Le reste n'est pas littérature. En vérité, je vous le dis.

*

— Ah ! et les qui me demandent comme à la téloche quel bouquin j'emporterais sur une île déserte ! ou quel est mon mot préféré !

— Et tu réponds ?

— Non.

— Tu ne réponds pas ?

— Non, je réponds : Non. C'est mon mot préféré, on peut le lire dans les deux sens, un trou flanqué de deux n : le palindrome parfait. Non.

— Et quel bouquin tu emporterais sur une île déserte ?

— *Robinson Crusoé*.

*

— *Massmed'*, c'est un mot arabe ?

— Sami ! Les Massmedia… Les Maass' medhia !

— Mouchi, remets-nous ça ! Du sancerre, des pistaches et Rachid Taha.

— *Ya Rayah*. Tout le divan !

— Vous savez qu'ils vont ouvrir un cybercafé en face ?

— Grand bien leur fasse !

L'ORCHESTRE NATIONAL DE BARBÈS À L'AUDITORIUM MAURICE-RAVEL

Témoignages de solidarité, témoignages de fraternité que des lecteurs qui ont souffert du racisme m'adressent. Mais aussi témoignages tout court, aveux, confidences, anecdotes, souvenirs personnels : détails intimes, uniques, de notre mémoire commune, morceaux choisis de notre destin commun, de notre histoire ; petits bouts de vies qui mis bout à bout font un tout… Tout un trésor que je veux un jour réunir et archiver – l'auteur en historien de nos humiliations et de notre amour-propre.

Questions d'identité, questions de dignité :

Latifa, du Quartier-des-Musiciens (13) :
Je m'enfermais dans le photomaton et je me photographiais sans puis avec foulard pour voir de quoi j'aurais l'air, pieuse.

Lofti, de la Cité-des-Poètes (93) :
Mon père n'avait pas l'argent pour payer nos photos prises à l'école, la dirlo les a déchirées devant nous et jetées au panier. C'était comme si elle nous avait déchirés nous.

Lila, de Lens :
Je ne supportais plus de le voir faire le dos rond devant les flics, alors qu'il n'avait rien fait de mal et qu'il se tenait toujours très droit à la maison.

Antar, de Trappes :
Il n'avait pas deviné pourquoi mes parents ne voulaient pas signer un si beau carnet de notes, et moi je ne pouvais pas lui avouer la raison.

Zinedine, de Fos :
J'ai fini par changer de prénom pour trouver du travail.

Légères falsifications pour se soustraire à la pesanteur de sa condition, fuites dans la fiction quand la réalité vécue oppresse trop : une Fatima qui se fait appeler françoise, faute de se sentir tout à fait française. Des Ali devenus Al, puis Alain, ou Albert, ou Alexandre, puis redevenus fièrement Ali. Un prénommé Murat, qui s'est mis un beau jour à prononcer son prénom comme s'il était maréchal d'Empire et roi de Naples, et non plus un raton de rien du tout banalement baptisé Mourad, de père et mère analphabètes, meskin ! mais dont un employé de mairie zélé avait, à sa naissance, orthographié l'état civil en suivant je ne sais quelle recommandation officielle datant de la IIIe République.

— Pauvre Cheb Murat ! Moi, mon père m'a prénommé Paul.

Mais Moh, agacé d'entendre si souvent des moriots lui demander doucereusement s'il ne s'agirait pas là du diminutif de Mohammed, leur répond, sérieux comme un imam :

— Non. Moh tout court. C'est mon vrai nom.

Et nous, de rire.

Ruses, trucages anodins, menus mensonges, minimes tricheries qui ne trompent pas vraiment mais aiguisent une inquiétude salutaire, un léger malaise autour de nous comme en nous, et entre nous. Plaisanteries à notre usage avant tout. Il s'agit de n'avoir ni honte de nos origines ni fierté, mais de jouer de ces sentiments contraires au gré des situations, au gré des émotions. Beur ou pas, superbe ou profil bas, pile ou face, décider sur le tas selon les circonstances. Cultiver en nous le doute, l'instabilité. Balancer entre deux postures, insolence ou couleur muraille, indifférence ou susceptibilité à fleur de peau. Tenir sur ce fil. Danser, donc. Bouger sans cesse pour garder l'équilibre, sans cesse changer de pied : morale de fildefériste, moral de fer. Dedans dehors, intégrés mais non désintégrés, insolubles dans la masse quoique pleinement assimilés… « Insaisissables ! » Assia, des Lilas, a trouvé le mot juste. Le mot qui fait mouche.

Ou : « Vous ne nous aurez pas vivants ! » Notre cri, mon frère et moi enfants, quand nous montions à l'abordage d'imaginaires galères.

*

— Et Mort ?

— Le diminutif de Mortimer.

— Et pourquoi Mortimer ?

— Diop et moi, nous étions inséparables. À l'école, on nous appelait Black et Mortimer. C'est venu de là.

*

— J'ai trouvé également un Al-Ighieri ! Il ne m'était jamais venu à l'idée que Dante aussi était arbi.

— N'importe oiq !

— N'importe oiq ! L'addition, Mmouni.

Sur quoi nous nous levons, Sami, Diop et moi. Il est temps de rentrer. Je dois travailler. Et d'ailleurs, nous nous retrouverons dès demain soir chez les Yahia. Il y a teuf : Salim est revenu – youyous ! champagne ! nouba ! l'Internationa-a-a-ale, etc. Car mission réussie pour lui comme pour moi. « Revoir Paris » : les camarades que nous avons fait passer sont maintenant tous arrivés, via Madrid, à Paris. Niqué, Chevènement ! Schengen oblige, il n'y a plus de frontière entre l'Espagne et la France, il n'y a plus de Pyrénées ! *Le sage tourne tout inconvénient à son avantage,* Hâfiz l'a dit.

Et :

Pars sans bagage !
Bois ton vin sans souci du lendemain !
Qu'est-ce donc que le temps qui passe ?
— Pas grand-chose.

*

Avant de remonter dans ma hune sous les toits, j'appelle Zoraïa d'une cabine – balek ! un message douz al-h' à lui faire passer, et ce n'est bien entendu pas à son numéro personnel à Casa. Elle ne répond pas : pas encore arrivée ou déjà repartie ? C'est l'heure fixée pourtant. À moins que je ne me sois pris les pieds dans le passage, hier, de l'heure d'hiver à l'heure d'été. Ce serait assez moi, comme dirait Myriam.

J'aime assez ce « C'est assez toi ». Y subsiste toujours assez de tendresse pour ne pas me blesser. Jamais tu ne m'assommerais d'un définitif « C'est tout toi ! ». J'ai ma chance : je peux me corriger, rien n'est dit. Tu as confiance en moi. Labès ! mon amour. J'essaierai. Juré. Je t'aime.

Je vais laisser sonner encore un moment dans le vide, isolé par ces parois de verre, là, au milieu de la foule du boulevard de la Chapelle... Sur un balcon, au crépuscule, boulevard d'Anfa–Zoraïa ?

Casablanca n'est plus qu'un souvenir un peu flou. Mais Barbès n'a ce soir pour moi pas plus de teneur. Envahissante irréalité... Je n'ai pourtant pas beaucoup bu, mais tout me semble toc. Aussi toc que les trésors en vrac des étals alentour : similicuir, satin viscose, métal doré, plastique imitation écaille, faux bijoux et faux boubous, cassettes de chaabi cairote piratées, tsabihs au mètre, corans de voyage, épices et encens en sachet... Tout est toc. Le monde est toc.

*

DES IMAGES COLORISÉES DU GHETTO

*

Je raccroche enfin. Puis je réintroduis la carte, je compose le numéro du musée Picasso. 01 42 71 2... Mais je m'interromps : Myriam et moi nous sommes dit, jeudi dernier, que nous devrions bien, de temps à autre, tenir une journée entière sans nous voir ni nous téléphoner. Souffler un peu. Essayer, au moins. Et nous nous sommes promis hier que demain serait le premier jour sans. Aujourd'hui, donc. 'Llah. Quand la plus grande preuve d'amour est de vouloir rendre à l'autre sa liberté et prendre un peu de recul, rester seul avec soi quelques heures !

Je suis remonté dans ma chambre, je me suis assis à ma table sous l'œil-de-bœuf. J'ai ouvert mon ordinateur, ouvert le dossier *Passion*. Je me suis levé, je me suis rassis, j'ai allumé la lampe, je l'ai éteinte, je l'ai rallumée... Quand le téléphone a sonné.

— C'est moi, je ne tenais plus.

— Moi non plus, j'allais t'appeler.

— On est accros à mort, alors ?

— *Hasta la muerte...* On n'avait pas compris, la Gitane, au Retiro. Pas : jusqu'à la mort, mais : à en mourir !

— On est foutus.

— Foutus.

Rire embarrassé, jaune, enrouement, rougeurs aussi, j'imagine, je la connais, et des traces de bleu sous les yeux... Un long silence entre nous, bruissant de non-dits.

Elle m'a envoyé il y a peu une carte postale de *La femme qui pleure*. Au dos, elle avait seulement griffonné : *Sans allusions...* Et signé.

Elle, enfin :
— Oui ?
Puis moi, la voix cassée :
— Oui ?

*

ENREGISTRER LES MODIFICATIONS ?
OUI – NON

OFFREZ DE L'AMOUR, OFFREZ DE L'AGNEAU
un agneau de qualité bouchère

*

C'était l'an dernier, à une autre teuf chez les Yahia. Aussi belle que la soirée d'hier, aussi belle que celle donnée pour célébrer, en novembre, l'année d'avant, mon retour en France... J'allais mettre le point final à *Casa, la casa*. C'était, je m'en souviens aujourd'hui, au printemps, entre l'Aïd el-Kebir et Pâques. Comme le temps passe! C'était l'an dernier, c'était il y a une éternité, c'était hier. La surprise, à mon retour de Casa, en mansour. Le réveillon du jour de l'An, où c'était moi qui avais régalé. Une autre fois, où nous avions dansé toute la nuit... Les teufs chez les Yahia se confondent dans ma mémoire tant elles sont devenues rituelles pour nous, les amis de la bande: Salim et Salima, donc, et Marie, Moh, Fati, Sami, Diop, Pinocchio, Agnès, Thomas, Myriam et moi; auxquels se joignent d'autres invités, au gré des humeurs, de la fantaisie, de l'envie ou non de partager ces moments de folie... comment dire?...

raisonnée ? de folie raisonnée, oui : Nadja, Louise, Ruth, Djamila, Luc, Ahmed, Albert, Marco, Mathieu, Mort… Que chacun vienne avec son talent, sa joie ou sa peine, sa bonté, un plat, un instrument, du vin, du houl, du shit, des CD. On déconnera, on s'aimera, on dansera, on boira, on fera nouba, on refera le monde, on improvisera des raps a cappella, on écoutera des solos d'Alla, on dégustera des cornes de gazelle fabrication Zaïa, on lira des quatrains d'Omar Khayyam… Les Yahia ont l'art de recevoir et le lieu pour, boulevard de Magenta.

C'était, je m'en souviens, un vendredi : de fait, le Vendredi saint. Ce à quoi personne n'avait pensé, hormis Nadja, qui est d'éducation maronite. Elle avait apporté des plats maigres : fèves, lentilles, houmous, méchouïas, couscous avec pignons et raisins secs, touajen de légumes cuits sans gras animal.

— Tu es croyante ?

— Pas vraiment, c'est seulement une coutume que je respecte. Et que chacun fasse ce qui lui chante, hein ! je n'impose rien.

Certes. Mais sans que nous nous soyons donné le mot, nous ne toucherons pas aux viandes cette nuit-là.

Diop :

— Et du ja boire, haram ? ou on peut ?

Nadja :

— Bien entendu : c'est un deuil mais c'est aussi la promesse d'une vie éternelle.

Nous boirons donc à la vie éternelle cette nuit-là. Il y a du blanc, du rouge, du gris, comme d'habitude.

Omar Khayyam :

Où se situe la limite entre éternité future et éternité passée ?
C'est à présent l'heure de la joie, rien ne remplace le vin.
Étude ou prière sont au-dessus de mes forces,
Mais le vin dénoue toute énigme.

Comme d'habitude, nous avons aussi, pour dénouer l'énigme, disques, bendirs, derboukas, ouds, et ce houl sans quoi la teuf ne prendrait pas.

— Le houl ? Comment tu traduirais, Paul ?

— Ah... Et toi, Moh ? L'art du chahut heureux ?

— L'esprit de liesse ?

— Le gai déconner ? Comme il y a un gai savoir...

— Quelque chose comme ça.

Nous nous saoulerons de raï et de musique vaguement gnaoua – plus barbare que berbère, dixit notre luthiste, Thomas... De Bach, aussi : Ruth est venue avec son violon.

Et Diop, avec de la beuh ?

— Veux je !

De quoi parvenir à cet état d'apesanteur où les corps se meuvent avec plus d'aisance dans l'espace, et la conscience qu'on a, soudain, de sa densité, où les regards semblent plus francs mais les sourires plus ambigus, où les rires, plus légers, se font écho et ricochent, mélangés aux halos des lumières et à la fumée, où les mots vibrent, plus sonores et riches de sens, plus vrais... Et le dessin des kilims révèle alors sa magie ; la musique, des harmonies neuves, inespérées ; la perspective du couloir, toutes portes ouvertes, un infini ici-bas.

Comme dans la nouba au sens noble, arabe, du mot, les moments de pure allégresse alternent avec d'autres, plus recueillis. Des coussins volent à travers la pièce et nous dansons tous en claquant frénétiquement dans nos mains, à la fallah men aïkum ; ou, mollement allongés accoudés sur ces coussins, nous écoutons un duo d'oud et violon, bœuf paisible de Ruth avec Thomas... Amina dort, bouche bée, dans les bras de son père, Moh. Nathan, le fils de Marie et Sami, s'est juché sur mon dos et me tanne pour que je fasse une fois encore le cheval ou, mieux, le chameau :

— Tu sais, tu sais, on traverse le désert la nuit, et moi je suis le chérif !

Nadja parle à voix basse des *Dernières souffrances du Christ*. J'embrasse Myriam, je lui vole des baisers dans le cou. Elle feint de résister et proteste avec tendresse :

— Assez, Paul. Assez. Assez !

Diop roule un gros joint.

Comme d'habitude, il y aura aussi des apartés amoureux dans la cuisine ou la salle de bains, des confidences dans un recoin de l'entrée, des réunions secrètes de notre armée des ombres dans la chambre de Salim et Salima.

À cette teuf, j'avais sur moi, je m'en souviens, les lettres de Lila, de Latifa, de Murat. Je les ai lues à Salim, sachant qu'il travaillait à un documentaire sur le sujet. Il m'a dit :

— Mathieu, Marco et Luc sont associés au projet. Tu devrais te joindre à nous...

— Les quatre évangélistes.

— Comment ça ?

— Mathieu, Marco, Luc et toi, Yahia… C'est-à-dire Jean.

— Tiens ! je n'y avais pas pensé.

*

Comment appeler cela ? Un mémorial, comme le voulait la production ? Putain, puant ! De quoi s'agissait-il ? De recueillir des souvenirs, du vécu… De qui ? Ah ah, autre hic : comment nous nommer ? Beurs ? B'heurq ! Pas question ! Enfants d'immigrés ? Heu ! un rien compassionnel, nahan ? Deuxième génération ? Sociologicolourdingue. Et d'ailleurs, pour beaucoup d'entre nous, inexact. Quelle serait donc la juste dénomination ? Quel terme pas trop connoté, et qui n'oublierait personne, n'humilierait personne ni ne donnerait, d'emblée, une fausse idée de ce que nous sommes ? Quel nom commun qui nous serait propre, et pas trop sali, pas trop usé ? Car, qu'avons-nous en commun ? Que les schmidts nous tutoient plus facilement et nous demandent plus volontiers nos papiers ? Que les employeurs nous jugent plus souvent qu'à notre tour trop qualifiés pour le job ? Qu'on nous estime plus méritants que d'autres quand nous réussissons ? Est-ce que cela nous autorise à dire nous, est-ce que cela fait de nous un « nous » – une communauté ?

Le piège ! Car raisonner ainsi fait le jeu de ceux qui ne veulent voir en nous qu'une masse sinon un ramassis et non des individus avec chacun sa vie et sa vérité ; des sujets autonomes, émancipés – dangereusement émancipés. Dire à quelqu'un : « Tu es mon semblable », ce n'est pas s'intéresser à lui, le respecter, l'aimer ; c'est lui faire violence parce que c'est lui dire: « Tu es quelqu'un de bien puisque tu me ressembles », c'est l'assommer sous son narcissisme à soi, sous sa vanité.

Nahan, mon pote! je ne suis pas ton semblable. Je n'ai pas de semblable, et si je m'intéresse à toi, si je te respecte, si je t'aime, c'est parce que tu es différent de moi – parce que tu n'es pas moi.

Un ban pour l'auteur jouant au théoricien du mouvement sur le coup de deux heures du matin dans la chambre des Yahia: Paulou-le-relou, qui expose, en gros, ses réticences, ses opinions un peu fumeuses, ses thèses un peu enfumées de shit marocain et très coupées de sylvaner cette nuit-là.

Luc commente:

— Tu ne crois pas si bien dire! Une tanche de la prod nous a proposé comme titre: *Mémoire de la beuritude*...

— Nahan!

— *Mémoire de la beuritude*! Tel que.

— Au secours! Et vous voulez que...

— Tu ne seras pas de trop.

On n'entend plus l'oud harmoniser dans le lointain, ni le violon. Rien qu'un léger brouhaha de voix provenant du living... Mais, tout à coup, la musique revient plus forte: d'un disque mis à l'évidence pour relancer l'ambiance, le houl. Houleuses cadences arabo-andalouses, sonorité sèche des guitares, intense vibration électrique de la basse: je reconnais *La Valse* – pas celle de Ravel, celle de Faudel.

Salima nous lance à la cantonade:

— Les mecs, vous venez?

Oui. Nous avons assez refait le monde, Mort, Sami, Salim, Mathieu, Marco, Luc et moi.

Joint ? Joint, oui. Une taffe. Sylvaner aussi, un autre verre. Une autre taffe. D'autres baisers volés dans un cou humecté de sueur... Une légère saveur salée... D'autres mots doux inarticulés, d'autres rires. Danser face à face, à deux pas de distance, yeux dans les yeux, se retourner, se retourner... Déhanchements aguicheurs, bras sinueusement balancés... Quoi ? Une valse oranaise ? un rock raï ? un fandango berbère ? le menuet de Barbès ? N'importe oiq ! Tout à la fois. Et taconeos sur le parquet, maintenant que les tapis ont été roulés... Et claquements des doigts. Et défis amusés des regards.

— Du flamenco ?

— Du fallah men aïkum : la musique de l'homme errant, la musique des gens du voyage. Fallah men aïkum, en arabe. D'où : fla-men-co.

Les couples se font et se défont : Myriam et moi, Fati et moi, Sami et moi, pourquoi pas ? Myriam et Fati, pourquoi pas ?

Fati a soudain cet air de profonde mélancolie que nous lui connaissons parfois et qui nous trouble tous, car elle n'en continue pas moins de danser.

Myriam retourne vers moi et refuse, dans un sourire, le joint que je lui tendais.

— Non, labès.

— Labès ?

— Eh !

Ce qui signifie ? Moi aussi, maintenant, je suis de Barbès ?

*

Fati :

— Il n'y a pas de fatalité. Nous étions sept enfants, cinq garçons et deux filles. Deux d'entre nous s'en sont bien tirés : Nagib, qui est toubib, et moi. Hamza a mal tourné, comme on dit : il s'est fait virer du collège, il a commencé à dealer à seize ans, et puis les casses, un braquage, trois ans de taule, et il s'est fait descendre à sa sortie. On sait qui est l'assassin mais on n'a jamais rien pu prouver... Farid a plongé dans la dope lui aussi, meskin, des casses à la con lui aussi, et puis l'overdose. Vingt-deux ans ! C'était mon frangin préféré. Il était très beau, très brillant, on s'aimait bien, mais j'ai rien pu pour lui. Il avait tellement la haine... Et ce qui se passe aujourd'hui, c'est que les trois derniers idéalisent à mort les morts et nous méprisent, Nagib et moi. Les héros, ce sont Farid et Hamza... Comme si nous avions trahi, nous, mais putain ! trahi qui ? trahi quoi ? Il y a une fatalité, oui. Nabila me traite de salope, Ali et Rabah nous crachent à la gueule littéralement. Quinze ans, Ali. Et Rabah, quatorze. J'ai tout essayé pour... Pour... Je n'en peux plus, je n'en peux plus. Et Nagib non plus. C'est la honte. Jamais... Je... Je n'en avais jamais parlé à personne. Voilà.

*

Myriam :

— Il s'appelait Eliah... Fils unique, la fierté de ses parents. Toujours le premier de la classe, il jouait du piano, il montait à cheval... Tout ! Il a fait son droit, il est devenu avocat, il est entré dans un gros cabinet d'affaires à Londres. Là, il est tombé amoureux d'une goy, Liz, une fille tout ce qu'il y avait de bien. Mais ses parents à lui se sont opposés au mariage, évidemment : elle n'était pas juive. Eliah l'a épousée malgré tout... Alors son père a réuni le mynian et fait dire le kaddish pour leur fils comme s'il était mort – comme s'il était mort ! Et ils ne l'ont jamais revu. Pour eux, il était mort. Leur fils unique ! Et ces deux vieux sont morts tous les deux d'un cancer, à quelques semaines d'intervalle, trois ans plus tard, sans avoir jamais connu leur petit-fils... Ça me tue ! Des gens dont les parents étaient morts tous les quatre en camp... Ça me tue.

*

Hâfiz :

On voit bien que ce monde est un
passage obscur...

*

Nadja :

— Courgettes, aubergines, oignons, fenouils, petits artichauts, coupés en dés, une branche de céleri, tomates pelées et épépinées... Tu mets d'abord tes légumes dans un couscoussier pour les assouplir à la vapeur. Ils absorbent moins le gras ensuite, ils restent plus digestes. Tu épices l'eau pour donner du goût à la vapeur : coriandre, gingembre, carvi, cardamome... Tu laisses les légumes une dizaine de minutes, les tomates moins longtemps, les fenouils et les artichauts un peu plus. Puis tu mets un peu d'huile d'olive dans un plat à tajine, une poignée d'olives noires, des pignons, des raisins secs, des raisins à gros grains jaunes, c'est meilleur, avec des quartiers de citrons confits, du thym et quelques feuilles de laurier. Tu verses dessus tes légumes, tu remues à feu très doux quatre ou cinq minutes, tu couvres, et tu mets au four – sur 2. Pas plus. Il faut que ça ait la consistance d'une compote mais avec des morceaux croquants qui croquent encore.

*

— Et notre amour ? en compote ? ou du croquant qui croque encore ?

Myriam me regarde, désemparée. Je la vois, au tout début de notre amour, je la vois dans ce café, je l'entends encore m'avouer que mon angoisse l'angoisse un peu, oui. Mais d'où me vient ce besoin de lui reposer indéfiniment la question de notre amour, d'une manière ou d'une autre, au risque de débiter n'importe quelle connerie qui me vienne à l'esprit, au risque qu'elle se lasse de moi et finisse par me laisser tomber ? Pourquoi cette peur ? La peur de quoi ?

La porte de l'immeuble se referme dans notre dos avec un bruit mat. Saisie par l'aigreur de l'aube, elle se pelotonne contre ma poitrine, sous les pans de ma parka ouverte. J'enlève ma parka et je la lui pose sur les épaules.

— Tu es fou.

— Non, je n'ai pas froid, je te le jure. Mais, par ailleurs, je suis fou, oui.

— Je le sais, tu sais.

— Toi chez ? Moi chez ?

— Toi chez, c'est plus près, je suis morte.

Ce n'est pas beaucoup plus près, il y a six étages à monter à pied, et Myriam pouvait aussi bien me répondre comme elle l'a fait quelquefois, au petit matin d'une teuf : « Toi chez toi, moi chez moi. » Comment ai-je pu douter ? Et douter de quoi ?

Bras dessus bras dessous, nous remonterons donc une fois de plus le boulevard de Magenta, en nous soutenant l'un l'autre comme deux viveurs fatigués que nous sommes.

Couchée sur un banc devant le Louxor, une vieille jadda, qui s'est empaquetée dans des housses en vinyle du pressing Chapelle Net, maudit les passants.

— Tu comprends ce qu'elle dit ?

— Non.

Je mens. Elle nous maudissait nous aussi, j'ignore pourquoi. 'Llah.

Sur la vitre qui protège le plan du quartier – *Vous êtes ici* –, une secte a collé des papillons adhésifs pour nous avertir solennellement que la fin des temps approche. Mais on peut lire aussi, sur une affiche :

EN DIRECT AVEC DIEU
1 franc 29 la minute

Et Myriam :

— Nous voilà rassurés, non ?

Elle rit, elle m'embrasse. Me voilà rassuré.

*

Sur la dernière marche, un peu essoufflée, elle m'a dit :

— Il faut que je te dise : ils vont m'envoyer à Madrid, pour Picasso. Quatre, cinq jours…

— Quatre, cinq jours sans oim ? je veux dire : sans toi ?

— Ce ne sera pas à proprement parler un documentaire, mais on veut prendre modèle sur le travail de Yamina Benguigui.

— Maximum respect.

— Tu as vu ses films, Paul ?

— Je les ai vus avec Maman et Myriam. Zaïa a pas voulu regarder. « Mémoire d'immigrés, c'est des vieilles histoires ! » elle a dit. Vous marrez pas. Moi, j'étais tellement ému, j'aurais préféré rester seul. J'avais envie de pleurer, putain. Plusieurs fois, j'ai vraiment cru entendre mon père... C'était lui, là, à l'écran. Des hommes comme mon père. Mon père était français, mais... Je l'ai dit à Myriam : « Tu vois, cet homme, c'est mon père. C'est tout à fait lui. » Après, j'étais gêné, j'avais peur d'avoir choqué Maman. Mais Myriam lui avait pris la main comme ça... Et... Bon. En même temps, c'était quelque chose dont on ne parlait jamais à la maison. Maman n'en a jamais parlé.

— Et quand on voit le ministre de Giscard qui...

— Oui, oui ! et l'autre salopard qui dit : « La main-d'œuvre marocaine, c'était seulement 2 % de déchet ! »

*

LE MARCHÉ EST TOUJOURS PLUS GRAND QUE NOS RÊVES

*

Le grand bureau paysagé de la fiction est au dernier étage. Les quatre évangélistes et moi, nous prenons l'ascenseur. On nous a mis avec les auteurs de soap et de séries.

— Ce n'est pas pour me déplaire.

— Oim itou.

La société s'appelle – ouili ouili, pas de gaffe ! disons, puisque nous sommes à l'étage de la fiction : Spectacles & Co. « Ce qu'on ne peut pas dire, il faut le taire. » Autant éviter procès et représailles. C'est une des plus grandes maisons européennes de production d'images – d'images en tout genre : fiction tous formats, documentaires tous sujets, reportages tous pays, pubs, clips, et interne entreprise, et industriel, et commerciel, ciel ! et tu l'as dit tu l'as. Dirigée par une dame en tunique noire à col officier, qui nous a accordé hier sept minutes d'entrevue, à Salim et moi. Sept dont il faut soustraire deux et demie qu'elle a employées à injurier devant nous, au téléphone, une certaine Aïoucha – tiens ! – qui n'était pas foutue de lui trouver le numéro de fax d'un trou du cul de la Culture (je cite).

— C'est un monde, non ?

Tu l'as dit. Mais Mme Solal traitait avec infiniment plus d'humanité son esclave berbère. Il est vrai aussi qu'elle n'aurait pas accroché au mur, sous verre, une pareille devise dorée en bas-relief: *Le marché est toujours plus grand que nos rêves.*

Je rêve.

— C'est un mot remarquable du président de Disney World.

Ah bon.

J'ai su tout de suite que je ne tiendrais certainement pas beaucoup plus longtemps qu'à la librairie de la Butte, auprès de l'Abbesse. J'en ai déjà trop entendu, mais, bon, à la guerre comme à la guerre! Je le fais pour Salim. Je ne suis pas sous contrat, je peux me retirer à tout moment. Et personne ne saura ici que j'ai publié un roman, que j'en finis un autre ces jours-ci. Mathieu et Luc me laissent entendre que la direction fait régner la terreur et ne cesse de modifier les programmes de production, que Salim risque gros:

— Ils ne se contentent pas de leur dire non, ils cassent les gens quand ils abandonnent un projet.

Ce que Marco, qui y travaille à temps plein, me confirme:

— C'est ambiance pourave dans cette taule! Ça se déchiquette moquette. Il y a une telle pression. Les mecs craquent les uns après les autres. Il y a eu deux suicides affreux déjà… Ici, au siège.

Salim, du reste, n'est pas dupe. Il sait très bien que c'est pur opportunisme si Spectacles & Co a accepté de financer son travail de mémorialiste et d'archiviste. La beuritude, comme ils disent, est un marché émergeant, émergeant et porteur; le bon créneau. Les gnolebas qui crament dans la nuit strasbourgeoise, les bus caillassés, les bavures, les rodéos, les foulards, les pitbulls... Tout cela peut faire péter l'audimat ! Faites-nous peur ! Faites-nous voir le Rabza avec un opinel planté entre les omoplates et le sang qui coule dans le caniveau... En gros plan, l'opinel ! Et la seringue, aussi. Et les Nike – *Just do it*.

— On est en plein malentendu, je le sais. Je les vois venir. Ils espèrent, ensuite, une fiction, une série, une sitcom... N'importe quoi avec du Beur. Du 100 % Beur. C'est tendance.

Marco :

— Du ghetto movie made in France, avec tous les clichés de la daube black US.

Mathieu :

— Je comprends mieux pourquoi on nous a mis à l'étage de la fiction.

Luc :

— L'inconscient, oui. Le lapsus.

*

Moi :

— Au moins, j'aurais appris un mot : *commerciel* – ce n'était pas un lapsus.

Et c'est devenu une scie entre nous : Trop commerciel ! C'est spéciel. C'est cruciel. C'est pas très sociel... Mais le cial est sans nuages. Le cial est, par-dessus le toit, si bleu, si calme...

Ce qui a le don de nous tirer des rires de hyènes, à l'effarement de tout l'étage paysagé.

Ouais. Insaisissables, nous sommes.

*

Salim a écrit un fil conducteur, choisi les premiers intervenants, il pose les questions off, il prodigue ces encouragements discrets qui peuvent mener aux confidences devant la caméra, en faisant oublier l'objectif.

— Oublier l'objectif ! L'œil, l'aïn... Ne jamais oublier le subjectif. Ne pas imposer son point de vue. Laisser parler.

Mathieu est à l'objectif ; Luc, le preneur de son ; Marco, le producteur exécutif.

Et moi ?

Je l'ignore encore. Je regarde ce qui est déjà enregistré. Plusieurs heures... On voudrait ne rien couper. Non seulement laisser dire, mais laisser les redites, les silences, les hésitations, les rires embarrassés... Les : « Non, non, coupez ! » Ou ce furtif : « H'chouma. »

Dans un roman, tout est permis, mais dans ces récits ? mais dans ces vies ?

Adossés au mur rose bonbon d'un HLM, des lascars et leurs faouas, quatorze, quinze ans au plus, parlent de leurs ambitions à l'imparfait déjà :

— Je voulais faire puéricultrice.

— Je voulais faire chanteur mais je suis nul à ch'.

— Je voulais faire haute couture, tu vois ?

— Je voulais faire marine marchande. La mer c'est... Ouah !

Et le gamin, qui ressemble assez à Daniel, ouvre les bras au ciel comme pour s'offrir au vent du large, comme pour embrasser un horizon immense vers lequel jamais il n'embarquera... À la Cité-des-Poètes (93). Peut-être un frère de ce Lofti qui m'a écrit l'histoire des photos déchirées.

Salim demande au père d'un autre s'il veut témoigner de ce que fut sa vie. Et l'homme lui répond :

— Témoigner ? Parce que ma vie est un accident, alors ?

*

Salim :

— J'étais mort de honte.

Puis il me tend une fiche : le résumé du témoignage n° 19.

Mounia : père ouvrier sidérurg.
Longwy a préféré se pendre que faire Schtroumpf.

— Schtroumpf ?

— Quand ils ont fermé les fonderies, ils ont ouvert ce parc de loisirs Schtroumpf. Pour les ouvriers licenciés, c'était le chômage ou faire Schtroumpf. Mounia m'a dit : « Mon père est mort de honte littéralement. Il était très pieux, il n'a pas supporté. Il s'est pendu en collants bleus, avec son masque de Schtroumpf. Victime de la ridiculisation des hommes. » Ce sont ses mots : la ridiculisation des hommes.

Nous sommes assis face à face, de part et d'autre du plan de travail. Le vaste bureau de la fiction baigne dans une pénombre mouvante, lumineuse et colorée : nous avons éteint la rampe, mais les ordinateurs et les téléviseurs sont restés tous allumés, son coupé. La nuit tombe sur Colombes – traces de brumes jaune acide dans un ciel plombé, éclats à l'infini, scintillement des cités, tours et barres, coulées que font les avenues et les voies rapides dans l'obscurité, voies lactées... Au loin, la Défense. Plus près, le reflet vitreux des écrans saisi dans l'épaisseur des glaces – ovale vert d'un stade, rectangle bleu d'un océan, globes en mouvement, visages fantomatiques en gros plan... L'espace ouvert de la salle est cloisonné par d'autres parois de verre, d'autres flous, d'autres transparences, d'autres reflets. L'intérieur et l'extérieur sont sans solution de continuité.

LA VÉRITÉ EST AILLEURS

Mathieu, Marco et Luc sont partis. Nous sommes les deux seuls survivants d'un monde disparu et nous planons dans le vide. C'est ce sentiment-là. Du moins, pour moi. Nous sommes fatigués. De temps à autre nous levons les yeux sur le téléviseur suspendu à un bras articulé – un épisode d'*X-Files*. Et puis nous revenons à notre écran de travail, aux fiches et à la question posée : que couper ? comment ne pas trahir au montage ? sauvegarder la vérité des gens qui ont bien voulu se confier ? leur poésie ?

J'ai griffonné sur un bloc-notes :

Pas de sociologie et pas de pitié.

Je détache la feuille du bloc, je la tourne et je la fais glisser jusque sous les yeux de Salim. Il lit, acquiesce, muet, la main sur le cœur, puis me dit :

— Mathieu à l'objectif et toi au subjectif.

— Je ne sais pas. Je n'ai jamais réussi à faire parler ma propre mère de son enfance. Le peu que j'en sais, je le tiens de Zaïa.

— Tu as lu ça ?
Il me tend une coupure de journal :

Cité-des-Poètes (93) :
baston sanglante entre
les bandes Apollinaire et Mallarmé

— La ridiculisation des hommes.

*

La belle Scully et l'agent Mulder venaient de découvrir, couché nu dans un congélateur, le suspect numéro un définitivement refroidi.

Salim s'est levé.

— Allez, basta !

Je me suis adossé à la paroi de verre. Je me demandais maintenant ce que je foutais là, au dernier étage de Spectacles & Co, à Colombes. Mon roman n'était pas tout à fait terminé, je devais encore écrire la scène des retrouvailles avec Myriam, place de la République, la nuit de Noël. Quand je l'ai embrassée, quand j'ai passé à son poignet les bracelets berbères, quand nous avons commencé à danser devant les stands de tir... Une valse ? un tango ? un mambo ? une rumba ? la carmagnole bougnoule ? la java nardène ? le rock gnaoua ? – notre danse à nous, la n'importe oiq. Et puis nous avons marché bras dessus bras dessous dans le romantisme éperdu de la nuit. Et nous sommes entrés dans ce bar de la rue Oberkampf, où nous nous sommes assis sous l'affiche de *Casablanca*...

— Non, je n'ai jamais vu *Casablanca*.

— *You must remember this: a kiss is just a kiss, a sigh is just a sigh...*

— J'ai mes souvenirs comme tu as les tiens, Myriam.

Salim était descendu à l'étage de la direction, appelé par la dame en tunique noire à col officier dont les rêves seraient toujours moins grands que le marché. Il ne se faisait plus guère d'illusions, elle allait sans doute revenir à la charge : Spectacles & Co souhaitait le voir participer au projet d'une sitcom ambiancée beure ados banlieue – n'est-ce pas ? Le travail admirable de M. Yahia – on lui donnait du M. Yahia, maximum respect, n'est-ce pas ? –, les témoignages qu'il avait déjà recueillis constituaient une mine de situations, de répliques, de scènes à faire, n'est-ce pas ? un gisement de vécu à exploiter, des filons de rires, d'émotion et d'humanité, les trois ingrédients de base d'une sitcom bingo audimat, n'est-ce pas ? Spectacles & Co considérait ce matériau qui, au reste, était sa propriété, n'est-ce pas ? comme une banque de données – une simple banque de données.

Haloufin !

Au moyen de la télécommande, j'ai interrompu le défilé des images et coupé le son – sur le visage d'un double peine tondu comme un bagnard qui racontait alors sa troisième reconduite à la frontière. Derrière la vitre, dans mon dos, Aïoucha discutait avec une collègue revenue d'un congé maladie :

— C'était terrible ! Il avait ramassé sur son bureau tous les Post-it et il se les était collés sur le nez, le front, les joues, le menton… Toutes les choses à faire, les gens à rappeler, les numéros, les asaps.

— Les…

— *As soon as possible*, tu sais. Les urgences, quoi, t'es con ou quoi ? Des roses, des jaunes, des verts... Ça y faisait comme un masque. C'était terrible. Il en avait un grand sur son front avec écrit *J.C.*, et un point d'interrogation...

— *J. C.* ? Qu'est-ce il lui voulait ce J.C. ?

— Je sais pas. Mais on s'en fout, putain, c'est pas la question.

— Xcuse me.

— Il est venu s'asseoir là, en face de moi. J'y ai dit : « Ça va pas ? » Il m'a fait : « Si, si. Très bien. Ça va très bien. » Les post-it se décollaient, mais il se les recollait illico. Il m'a dit : « C'est ma journée ! » C'était terrible. Je lui disais : « *Stop it.* » J'avais du Xanax et du Lexomil, j'y en ai proposé, mais il m'a dit que non, que ça allait bien. J'ai insisté : « Tu devrais rentrer chez toi, Quentin, te reposer. Je te call un taxi... » Et autour, ces fils de, pas un pour me... Putain, les nœuds ! ils regardaient tous ailleurs. Ils avaient tous quelque chose à faire asap et ils me laissaient avec lui. Je me demandais si je devais appeler la Sécurité, si ça allait pas... Enfin, tu vois, quoi, provoquer le... comment on dit ?... Enfin, tu vois.

— Le passage à l'acte.

— Voilà. Je flippais à mort. Surtout quand il m'a dit : « Je t'aime bien. » J'y ai dit que je l'aimais bien moi aussi. J'avais pas quoi lui répondre.

— Putain, j'aurais flippé, moi aussi.

— Et puis il s'est mis à rire, meskin. C'était pire que tout.

— Il était en descente ? Il prenait de la coke ?

— Je sais pas. Mais attends, Isa...

— *Xcuse me.*

— Il s'est levé alors, pour aller aux chiottes. J'ai dit à tous les mecs autour que c'étaient des beaux salauds de me laisser seule en face de lui...

Et là, putain ! ce hurlement ! Isa, j'oublierai jamais, putain ! ce hurlement dans les chiottes... Les mecs se sont précipités. Quentin avait verrouillé la porte et il hurlait à la mort. Tu y crois pas, putain ! Sur le coup, tu y crois pas ! C'est pas vrai, tu te dis ! Marco et Manuel ont essayé d'enfoncer la porte, mais Hocine est arrivé. Ils ont un passe à la Sécurité, tu savais ? un passe pour ouvrir les chiottes du dehors, le trou carré sous la poignée de porte, tu vois ? pour le cas où y aurait une merde... Les malaises, les suicides. Putain, tu sais quoi ? Il avait avalé du Destop ! Il s'est tué au Destop...

— Avec quoi on débouche les chiottes, là ? Putain !

— Au Destop, Isa ! L'horreur ! Hocine s'est mis à dégueuler... Et Marco gueulait : « Regardez pas ! Regardez pas ! Appelez le Samu ! Le 15 ! Et les pompiers. » Putain ! J'oublierai jamais. Ils ont raconté après que son ventre avait... Enfin, tu vois ? Il a agonisé une dizaine de minutes... Éclaté. Je crois bien qu'il était déjà mort quand les pompiers sont arrivés. Y en a un qui a dit que c'était comme avaler de la nitro, putain !

— De la quoi ?

— Je sais pas. De la nitro, il a dit.

— Putain !

— Et on avait rien vu venir, rien vu venir. Un peu de déprime comme tout le monde, tu vois ? dans cette taule.

— Tu m'étonnes.

— Il se faisait deux plaques et demie par mois, il avait deux gosses, une femme hyperbien, meskin ! Pas d'antécédent, ils ont dit...

— Pas d'antécédent… La vache, Aïoucha ! Pas d'antécédent ? Ça fout les jetons.

— Depuis, je peux plus voir un Post-it. Et maintenant, les mecs vont chier chez nous, les nanas. Pisser, bon, ils ont leur… comment on dit ? urinoir ? Mais pour la grosse…

— C'est agréable !

— Remarque, faut les comprendre. Moi, je pourrais pas non plus. Et puis c'est une question de respect, quoi. Et Marco et Manuel qui l'ont vu… Même les pompiers et les mecs du Samu, qui en voient tous les jours, ils étaient verts, les mecs, verts. Le ventre… Éclaté. Tu te rends compte ? Le truc pour déboucher les chiottes ! Au Valium, je veux bien, ou alors les veines, mais… Putain ! Et tu sais quoi ? Le mec du nettoyage s'est fait virer.

— Ouoh ?

— Ben ouais, quoi, il fallait bien un responsable ! Il aurait pas dû laisser traîner le flacon, ce con. Y a un placard pour les produits d'entretien, avec une clef.

— Ouoh.

Ne manquaient que des rires enregistrés – des rires nerveux en l'occurrence, des rires d'horreur. Et je me suis demandé si ce n'était pas exactement cela qu'ils recherchaient à l'étage de la direction : du vécu, du vrai mais qui aurait l'aspect, la forme, le ton d'une sitcom. La vie devenue imitation de la télévision, la vie sitcomisée. *La ridiculisation des hommes.* Et des femmes.

*

Marco avait parlé de suicides dans les bureaux mais n'avait pas voulu nous en dire plus.

*

Salim est revenu de son entrevue l'air vaincu.

— Ce que tu craignais ?

Il m'a répondu oui des yeux et s'est laissé lourdement tomber dans son fauteuil.

— Qu'est-ce que tu comptes faire ?

— Essayer de gagner du temps. Je ne leur ai pas dit non, évidemment.

— Tu ne vas pas leur abandonner les bandes comme ça ?

Il s'est écrié en caricaturant l'accent première génération, l'accent d'un humble immigré accusé à tort :

— Yahia Salim machi un voleur !

— Mais ce sont eux qui veulent te voler ton travail !

Je n'avais pas saisi :

— Je voulais dire, Paul, que je ne vais pas voler ces gens qui m'ont fait confiance, que je ne vais pas les trahir !

Comme si j'avais pu en douter !

Résistance, donc. Ne rien céder au commerciel, gagner notre ciel. Combat de l'ombre contre les tuniques noires. Riposte secrète mais concrète à imaginer. Quoi ? Comment ? Rezzou nocturnes sur Colombes, incursion dans les ordinateurs, vol des bandes, destruction des fichiers, et jusqu'aux disques durs, s'il le faut ! On verra bien. Marco saura quoi faire, il nous a laissé entendre qu'il était avec nous. À la guerre comme à la guerre ! Question de dignité ! d'honneur ! Nous ne nous ferons pas schtroumpfer !

Je ne dis plus rien mais je n'en pense pas moins. Et je vois Salim me sourire... Nous nous sommes compris. Quant à moi, pour le moment, je veux rentrer chez moi, retourner à mon roman – *Casa, la casa.* Auprès de Myriam, le jour de l'an.

*

ENTREZ VOTRE IDENTIFIANT

*

Nous nous sommes retrouvés le lendemain soir pour visionner d'autres bandes, dont un portrait de notre ami Ahmed. Marco nous avait procuré une carte magnétique : que nous puissions venir travailler tard le soir, au calme, quand tout le monde était parti. Au calme, et dans une pénombre plus propice à une claire vision des choses.

Salim a enclenché le magnétoscope. Ce n'était pas lui qui posait les questions mais Moh :

— Tu es arrivé d'Algérie en...

Ahmed :

— En 1963, j'avais six ans. Le patron de mon père était un rapatrié. Il avait acheté des terres dans le Vaucluse et repris une entreprise de travaux publics. Il avait besoin de main-d'œuvre, et comme il appréciait mon père... Il nous avait promis une maison en dur, et l'eau courante. Qu'est-ce que c'était une maison en dur ? Qu'est-ce que c'était l'eau courante ?

— Tu as des souvenirs de la traversée ?

— Du bateau, oui : c'était la première fois que je voyais la mer... Et l'arrivée à Marseille.

— Comment tu avais imaginé la France ?

— Je croyais qu'il y avait des arcs de triomphe à tous les coins de rue, avec un avion de haute voltige qui passait tout le temps en dessous. J'avais dû voir ça au cinéma, je pense. Le défilé du 14-Juillet, peut-être. J'étais très déçu : il n'y avait ni arcs de triomphe ni avion de haute voltige...

— Moi, je croyais que toutes les femmes étaient en robe du soir et occupaient leurs journées à monter un grand escalier entre deux haies de gardes républicains sabre au clair...

— La maison promise était une baraque à moitié en ruine, loin de tout. Je devais marcher à travers champs pour aller à l'école... Tu sais, mes parents étaient tous les deux illettrés.

— Les miens aussi. Dès que j'ai su lire et écrire...

— Oui, je sais : il a fallu les accompagner à la mairie, au consulat, à la Sécu, partout où il y avait des paperasses à remplir. Je me souviens, j'avais sept, huit ans... Pour les assurances, pour le boulot de mon père... C'était un cauchemar. J'étais fier à la maison, mais accompagner mon père à la mairie ou au consulat pour l'aider à... J'avais tellement honte. Et mon père avait tellement honte ! C'est pourquoi je ne peux plus remplir aucun formulaire. Les feuilles maladie, les déclarations de revenus... Impossible ! Ça me rappelle trop l'humiliation. J'étais le fils d'un illettré... Je ne peux plus. Je ne peux plus. » Et là, en homme du métier, Ahmed claque dans ses mains et, fixant l'objectif, dit pudiquement : « Coupez. »

Salim, qui tenait la télécommande, a, d'instinct, interrompu net son et image.

Lui, Marco et moi, nous restons un long moment sans rien nous dire, face à l'écran noir.

*

Rimbaud :

Tout se fit ombre et aquarium ardent.

FALSIFICATION OU FICTION ?

*

Pourquoi cette allégresse, alors que nous aurions toutes les raisons de ruminer nos désillusions, de laisser éclater notre ressentiment ?

Moi :

— L'espérance des lendemains, ce sont nos teufs !

Agnès :

— Et en plus, il y a teuf !

Teuf il y a, une nouvelle fois, oui. Et, pour une fois, chez Marie et Sami. Que célèbre-t-on ? Un – le plus important – : les sept ans de Nathan. Deux, que je viens – ouili ouili ouili – de terminer mon roman – ban et youyous pour l'auteur ! Trois, que les manœuvres de Spectacles & Co en vue de transformer un recueil de souvenirs vrais en trésor de bons mots toc et de gags à la con pour daube télévisée ont été jusqu'ici habilement déjouées par Salim. Et tant pis si, du coup, son projet échoue ; il en serait presque soulagé.

Moh :

— Qu'est-ce qui s'est passé ?

Salim :

— Cette pétasse nous a convoqués dans la salle de projo avec tout son staff, Marco et moi. Ils ont visionné quoi ? six, sept minutes, à tout casser… Les gosses des Poètes. Le début… Elle a fait rallumer et s'est mise à glapir que je ne positivais pas assez.

Diop :

— Nasseco !

— Que c'était ni fait ni à faire…

Myriam :

— Comment tu as réagi ?

— Je lui ai dit que j'étais de la main-d'œuvre marocaine, mais que, malheureusement, je faisais partie du 2 % de déchet.

— Tu lui as pas dit ça ?

— Si.

Le fou rire nous gagne tous.

— Et elle… ?

— Elle m'a répondu : « Moi pas comprendre. »

— « Moi pas comprendre » ?

— Elle m'a répondu en petit nègre, oui.

— C'est trop beau !

— Quand l'inconscient reprend le dessus…

*

Intention ou hasard ? Hasard sans doute, heureux hasard, magique, hasard objectif au sens surréaliste des mots : à l'instant où je sonne à la porte, l'Orchestre national de Barbès entonne *Salam* ! Exactement comme à mon retour de Casa, lorsque j'avais sonné à la porte des Yahia. Ce soir, je reviens de *Casa, la casa*. En mansour ? On verra bien.

Salam 'alaïkum, salam 'alaïkum, salam 'alaïkum...

Sami nous accueille d'un retentissant :

— *Shoulem aleih'em !...* Comme disait en yiddish ma chère bubbelé, ajoute-t-il. Les mêmes mots. *Shalom aleh'em* en hébreu.

Nathan, surexcité, me tire par la manche.

— Tu fais le chameau ! tu fais le chameau !

— Oui, mais ce sera ton seul cadeau, alors !

— Ah non, ah non !

— Ah bon ?

Nous avons entassé les paquets sur le palier pour entrer les mains vides. Il s'en inquiète.

— J'ai sept ans aujourd'hui, vous savez ?

— Ah bon ?

— Ah bon ?

— Merde ! tu aurais pu nous prévenir, Sami !

Thomas est déjà arrivé et accompagne le disque d'un roulement de derbouka. Tumulte, vivats, youyous, entrechocs de verres... Rites de la bande. Mouvement giratoire du couloir à la grande pièce commune, à la chambre des parents où s'entassent sur le lit blousons, écharpes, manteaux, à la chambre de Nathan, au bureau de Sami. Conversations à deux, trois, quatre ou plus, qui se font, se défont, puis se recomposent autrement, comme la rosace colorée au fond du kaléidoscope :

— Oui, Picasso, à Madrid, pour ses *Corridas*. Ils me paient le voyage et j'ai une bourse...

— On traverse le désert et les oasis ?

— Barbès noircit, oui.

— C'est un test : que signifie pour vous SS ?

— Schutzstaffel.

— Sécurité sociale.

— Société du spectacle ?
— Ah, pas mal !
— Et toi ?
— Les trois.
— J'ai oublié le carvi et la cardamome pour épicer la vapeur...
— Non, j'ai appris que j'étais mort sur le site Ibrahialgeria. Il y avait tous les détails : le lieu, le jour, les circonstances. Égorgé près de Blida, où mon frère...
— Comme par hasard.
— Ça fait un choc. Mais j'ai compris, après, que c'était un message : que je me tienne à carreau.
— Peut-être même un message amical...
— L'ouald al-qahba !
— La preuve que je ne suis pas Dulcinée : je ne mange pas de porc, mon amour. C'est d'ailleurs le seul tabou qui me soit resté de mon éducation...
— Moi comme.
— Il y a plus dégueulasse : sur le site Abassi, où ils te salissent en faisant croire que tu es des leurs.
— Betchine fils ?
— L'ouald al-qahba !
— Betchine fils et d'autres.
— À propos d'Internet...
— Oui, Salim ?
Spectacles & Co a son site sur Internet, Salim veut vérifier si son travail ne serait pas exploité sur la toile sans son consentement.
— Ces forbans sont capables de tout.
Sami nous conduit à son bureau, où l'ordinateur était resté allumé, et commence la recherche.
— Tiens ! fait-il en riant, un site de pétomanes.

Je suis sérieux ! Cyberfart 2000. Www point stink tiret international... Et cetera.

— D'équerre !

— Tu peux avoir les bruits, si tu veux. Pour l'odeur, il faudra encore patienter un peu, mais Bill Gates étudie la question.

— C'est un monde parfait.

À l'ouverture du site Spectacles & Co, des colombes s'envolent à la diagonale de l'écran : allusion, sans doute, à l'adresse matérielle de la société. Ensuite, à la manière d'un anneau de Saturne, leur vol se satellise autour de la Terre, et les pixels des mots inscrits sur l'écran flamboient alors :

L'IMAGE DU MONDE, LE MONDE DE L'IMAGE

— Les pueurs !

— Attends d'avoir l'odeur !

Mais Sami a beau cliquer, aucune trace du travail de Salim – 'llah. Un *Mémorial de l'immigration* – n'est-ce pas ? – est bien annoncé, mais rien ne suit ; qu'un long blanc de plusieurs pages. Comme si tout le contenu en avait été effacé précipitamment.

Nous nous tournons vers Marco, qui se contente de sourire, l'air entendu – « Ce qu'on ne peut pas dire... »

Salim le remercie des yeux.

*

Sami :

— Il arrive aussi que des souvenirs que tu crois bien à toi, des histoires de la légende familiale qu'on t'a racontées dix fois, tu découvres un jour qu'elles appartiennent à d'autres aussi, dans d'autres familles, ou alors tu les trouves dans un livre. Mon grand-père nous racontait souvent comment un jour un passant lui avait arraché sa kippa et l'avait obligé à descendre du trottoir : le trottoir n'était pas pour les youpins... Et chaque fois, je lui demandais : « Et qu'est-ce que tu as fait ? » – chaque fois, il me répondait : « Je suis descendu du trottoir et j'ai ramassé ma kippa dans le caniveau. Voilà tout. » Eh bien, putain, Freud raconte quelque part que son père avait subi la même humiliation et qu'il avait fait à son fils Sigmund la même réponse : « J'ai ramassé ma kippa dans le caniveau. » C'était peut-être bien un chapeau de fourrure dans son cas. Mais, enfin...

Agnès :

— Et quelle était la morale de l'histoire ?

Sami :

— Je ne sais toujours pas.

Salima :

— Et pourquoi ton grand-père vous la racontait si souvent ?

Sami :

— Je ne sais toujours pas non plus. Parce qu'on la lui redemandait, sans doute.

*

Marie tend une coupure de journal à Salim.

— J'ai pensé que ça pouvait t'intéresser.

— Ah oui, fait Salim, je l'ai lu... Mais je te remercie d'y avoir pensé.

— C'est qu'est-ce ?

— Zem parle du tournage de Bourlem Guerdjou, en Tunisie. Comment, pour incarner un homme de la génération de nos pères, il a repensé au sien, à la manière dont son père se tenait, dont son père marchait. Nous, nous avons les épaules tombantes, les pieds à dix heures dix… Mais nos vieux… Enfin, le sien, le mien…

Et Salim, joignant le geste à la parole, de se redresser, de refermer l'angle que font les talons.

— Putain ! C'est vrai !

— C'est vrai ! Putain !

Et Ahmed, Moh et moi, troublés, de nous redresser à notre tour, de refermer l'angle que font nos talons, de recommencer avec lui l'expérience en nous campant devant un miroir du couloir : oui, c'était bien comme ça que marchaient nos pères, comme ça qu'ils se tenaient ; comme ça que les hommes aujourd'hui encore doivent se tenir, dans le bled, au Maroc et en Algérie.

— Attends !

— Fais voir !

Et, quoique assez émus, nous reprenons tous les quatre la pose une nouvelle fois – quatre gus qui répéteraient devant la glace un numéro de cirque : nos corps aussi ne sont plus ceux de nos pères maghrébins, nos corps aussi ont trahi.

Trahi ? Trahi quoi ? Ils trahissent seulement que nous sommes de la génération née après… Mais un ange a passé. Et subsiste un léger malaise.

Fati et Salima se rappellent leurs pères. Myriam, Marie, Agnès, mais Sami, également, et Thomas, surtout, nous observent avec une sorte d'embarras amusé – voyeurs involontaires. Nathan, quant à lui, s'est mis à nous singer. Mais son père juge qu'il manquerait de tact s'il n'était pas un enfant. Il lui fait :

— Ça suffit maintenant.

*

Quelques tours de nouba plus tard – si j'ose ce pléonasme, puisque nouba signifie : *à ton tour*, mais j'ose, oui, le riesling m'y autorise –, quelques verres et quelques joints plus tard, la teuf bat son plein. Mais Sami, Salim et moi faisons alors bande à part. Nous imaginons, cyniques, une fiction à fourguer à Spectacles & Co, ni plus ni moins ce qu'ils veulent – plié : une méchouïa de tous les poncifs de la beuritude avec de quoi tirer des larmes et des rires.

— Il faut positiver !

— Et surtout du fédérateur, n'est-ce pas ?

— Du fédératon fédérateur !

— Sur un scénar qui a fait ses preuves.

Pour résumer : les Kahbulet et les Mont'hgu, deux bandes rivales de chourmos d'une téci 13 ravepou tout ce qu'il faut, n'est-ce pas ? : dos au mur, dope, rodéos, foulards, pitbulls et le toutim, mais un bon fond, les lascars, avec éducateurs dévoués et solidarité de quartier contre les chtars, n'est-ce pas ? Et voilà que Rohomeo, l'arioul, un Mont'hgu, il tombe raide pour Djulieth, une faoua canon, mais, le hic, une Kabhulet – putain, l'aïn ! D'où, baston, embrouilles, caillassages, feux, escalade de la violence... Mais, à la fin, prime time oblige, happy end : ces jeunes auront appris la tolérance sur le tas, n'est-ce pas ?

Salim et Sami me félicitent.

Moi :
— J'ai beau ne parler que de ce que je connais, Barbès, à peu près toute la presse a vu en moi un écrivain des banlieues. Vexant ! Pour eux, Neuilly est à Paris et Barbès en banlieue.
Salim, caricaturant le ton pincé de la patronne de Spectacles & Co :
— Alors que nous sommes l'aristocratie craouie, n'est-ce pas ? Tiens ! j'ai trouvé le titre : *93* !
— Déjà pris : Victor Hugo. Et je te fais remarquer que j'ai situé l'action dans les quartiers nord de Marseille, 13. L'assent, le soleil, le commerciel bleu, et cetera.
— Eh bien ! *13*, alors.
Sami nous fait remarquer, lui, que notre projet serait plus porteur encore si nous vendions la zique avec.
— Du rap, genre.
Vite fait, avec une émulation à goût prononcé de riesling – El S'aace, afak ! – nous torchons, à deux, un rap nulache sur un coin de son bureau. Et unc vingtaine de minutes plus tard, nous voici déjà en mesure d'en chanter en mesure lcs paroles ; d'en donner la primeur à nos amis – ouili ouili ouili.
— On y va ?
— On y va.
— Une, deux !
Accompagné de Thomas et Nathan – derbouka et bendir –, le trio hip-hop Sami Salim Smaïl, déhanchement avachi outré, épaules tombantes, pieds à dix heures dix, entonne :

Crocodile au cœur
banane dans le dos

toutes griffes dehors
hors la loi du marché
nous sommes la transmutation des valeurs
nous sommes la transmutation des voleurs
dans le monde réellement renversé
nous renversons les bus et nous les caillassons
les gnolebas nous les flambons
pauvres biens de pauvres
bagnoles de bougnoules
vieilles 4L, Fiesta poubelles
aux ailes cabossées
marchandises fétichisées
saloperies à crédit qui vous ont tué la vie
esclaves
lumpen mondialisé
du Neuhof ou de Malakoff
du Val-Fourré et de la Goutte-d'Or
acheteurs de marques ou de prix démarqués
adorateurs du Veau d'or
de Tati Or, des Sables d'Or
et votre contrat confort
Céline Dion et Guy Debord
Nike, Titanic, Nique Ta Mère
les compils et les sans-fil
tout doit disparaître
c'est écrit sur la vitrine dehors
nous allons la casser
lascars
nous allons tout caillasser
nous sommes la transmutation des valeurs
nous sommes la transmutation des voleurs !

Nathan :
— Ce qu'on peut déconner !

Marie :
— Tu l'as dit.
Diop, hilare, est sorti sur le palier pour ramasser les cadeaux du mazik à papa maman et les lui apporter : un camion de pompiers, un avion, des cubes, des figurines Lego – de quoi reproduire en miniature le poste frontière de Ferney-Voltaire.

*

Trois jours après, douz al-houdoûd au poste frontière de Ferney-Voltaire.
Pourquoi ?
— « L'humeur, l'honneur, l'horreur ! »
Aller-retour, passage de trois camarades en difficulté, sans papiers aucuns et cibles vivantes des services secrets de Betchine, et persécutés par les services de Chevènement – l'ami des Arabes, à condition que ces Arabes soient des généraux fascistes, au Maghreb, ou des dictateurs sanguinaires, au Machrek – porc ! halouf !
Mais, ouf ! mission accomplie sans difficulté.
Comment ?
« Ce qu'on ne peut pas dire, il faut le taire. »
À la terrasse d'un café des bords du lac Léman, un peu plus tard dans la soirée, nous soufflons. Gaieté nerveuse, légèreté, sensation d'insouciance, d'apesanteur, d'impunité : l'idée que la vertu est le bonheur ; ou l'inverse : le bonheur, la vertu.
Un lourd cendrier en cristal taillé diamant est posé au centre exact du guéridon, sur une épaisse dalle de glace biseautée qui recouvre une reproduction prismatique bleu, rose et argent de gla-

ciers suisses – putain. C'est un monde parfait que nous n'avons pas honte de souiller de nos mégots et ronds de verres, Salim, Mort et moi.

*

NOTRE OBJECTIF ?
RESTRUCTURER LE PORC

*

J'oubliais : en ressortant de chez nos amis, j'avais remis à Sami, sans qui mon premier roman ne serait jamais paru, le manuscrit du second.

Pendant ces trois jours, je n'y ai plus pensé.

J'ai été lecteur dans une autre vie.

— Tu ne veux pas attraper mon désir par la queue ?

— Tu es con.

— Je suis con mais je te fais rire.

Non, je force les choses : elle sourit, tout au plus. Et encore, encore un peu contre son gré. Elle résiste encore, ne veut pas s'avouer vaincue. D'ailleurs, elle ne l'est pas et ne le sera pas, non, et le sait : il n'y aura ni vainqueur ni vaincu – ce n'est pas la guerre entre nous.

— Mais quoi ? Dis !

— Quoi : quoi ?

Rien, une moue, un doute fugitif surgi d'on ne sait où, une mauvaise humeur sans vrai motif, un ange qui passait, un accès d'amour-propre… Parce que je ne lui ai toujours pas donné à lire le manuscrit de mon second roman, dont elle est, comme dans le premier, un personnage, elle l'a deviné ? et qu'elle juge que je manque de courage sinon, kif, de confiance en elle ? Ou parce que nous allons nous trouver cinq jours séparés – croit-elle ? Croit-elle, car je ne le lui ai pas encore annoncé : je pars avec elle.

Et si c'était cela qu'elle percevait sans s'en expliquer la cause et qui la contrariait : mon inquiétude, maintenant, à la pensée qu'elle pourrait mal réagir en apprenant la nouvelle : moi aussi, comme par hasard, j'allais à Madrid. Je ne pouvais donc pas la laisser tranquille !

Et je suis là, nu, avec mon secret, enfoui au fond du vieux fauteuil club défoncé qu'elle a récupéré dans un débarras chez ses parents, encombré de ma virilité, bandant mou, suant un peu trop, fessiers et cuisses collés au cuir fauve qui crisse au moindre mouvement, jouant farce l'indifférence tandis qu'elle, pour donner le change, range dans un ordre, puis un autre, les livres qu'elle avait entassés n'importe comment depuis trois mois qu'elle travaille sur Picasso : *Pour Pablo, Un génie sans piédestal, Le désir attrapé par la queue...*

Mutisme, maintenant. Dignité. Pas de chantage aux sentiments, bouffon ! Pas de ces pauvres paroles, pas de ces banalités qu'on finit par prononcer en douce pour réduire la distance, pour relancer la complicité : – Tu m'aimes ? – Tu veux sortir ? – Un joint ? – Un baiser ? – Labès ?

Mais Myriam marque le point :

— C'est quoi ce grand secret que tu as au bout de la langue depuis au moins une heure ? fait-elle, tout à coup, mezza voce, l'air de rien.

Touché, bouffon ! Je bafouille :

— Mardi, ton avion, c'est le dix heures quinze, vol IB 3403 ?

— Pourquoi tu me demandes ça, mon majo desnudo ?

Va-tout ! Pile ou face : soit sa colère, soit sa joie. Dans la pièce de Picasso qu'elle m'a fait découvrir, le peintre a inventé ce mot : *groslotier*. Eh bien ! je joue groslotier.

— Écoute, dis-je, Mort m'a demandé de me rendre à Madrid, pour Douz al-h'. Visiter un camarade qui…

Une seconde, deux secondes, trois secondes de silence, de défi, de fixité du regard. Puis elle me charge, se rue dans mes bras.

— Oh, toi ! toi ! toi !

Corrida tendre, corps-à-corps, écheveau de peaux, poils, langues, haleines, sueurs, cheveux, dessous de soie, yeux dans les yeux, et le soleil qui l'habille de lumière… Midi juste. Moi, mi-lourd, la peur brusque, elle si fine, si fragile, de lui faire mal. Mais elle, me mordillant l'oreille :

— Je serai ta couverture, en somme ?

— Tu me tiendras chaud.

— Et tu as trouvé une place sur mon vol…

— Mardi 5, dix heures quinze. Retour dimanche 10. Tarif Coup-de-cœur ! Olé !

La nuit des retrouvailles, la nuit de la seconde surprise de l'amour, la nuit de Noël, je lui avais promis de laisser pudiquement en blanc, dans *Casa, la casa*, une belle page si je racontais ce que nous avions fait alors. J'ai tenu parole.

Ici, je passe une ligne.

Myriam :

— J'aimerais lire.

*

— Est-ce que tu as lu ça, là, que j'ai stabilo-bossé en rose ?

— Quoi ?
— Dans le *Pour Pablo*, de Dominguín.
— Luis Miguel ? Le toréador ?
— Le torero, *por favor*. Ou le matador.

Il est une couleur que je connais bien : le rose. Le rose picassien. Car, tout bien pesé, je dis que Pablo est rose. Rose avec le tragique du noir, la force du rouge et plus de pureté que le blanc. Voilà ce qu'il est pour moi. Et un déroulement infini de formes gorgées de tendresse et de grâce.

— Ce qui t'a plu d'abord dans Picasso, c'est son prénom ? Pablo : Paul.
— *¡ Imbécil !*
— Ce qui t'a plu d'abord en moi, c'est mon prénom ?
— *¡ Cretino !*
— Viens ! Plus près ! plus près ! plus près… Un baiser : *un beso* ?
— *Un beso – sí.*
— L'espagnol sans peine. Travaux pratiques. *Un beso. Dos besos…*
— *Bésame, bésame mucho, como si fuera esta noche la última vez…*

*

« *Señoras y caballeros…* » Décollage dans deux minutes.
— *Real*, en espagnol, c'est réel, mais c'est royal, aussi ?
— L'un et l'autre, oui, caballero. Deux sens, un seul mot.

— J'aime bien l'idée que le réel soit royal.
— *La real realidad...* La royale réalité.
L'azafata propose journaux *y peridicos.*

ÉTRANGERS : L'ÉTAU SE RESSERRE
¡YA ESTÀ BIEN !

— Oui, merci.
Puis fracas des réacteurs, vibrations, l'avion qui s'arrache à l'attraction universelle... Et, comme à mon premier départ pour le Maroc, la terre vite disparue sous une écume blanche, légère, nacrée, infinie. Myriam m'a abandonné sa main – ¡ la royale réalité ! Point d'exclamation avant, point d'exclamation après. À l'espagnole.

*

Apollinaire :

Voilà la poésie ce matin et pour la prose il y a les journaux.

« Il y a une hémorragie de pédophiles, je me pose des questions, est-ce que ce n'est pas à cause de la mise en exergue des intellectuels ? »

« Au ministère, on a fait un grand coup de zoom sur la loutre dans le Marais poitevin. »

« Par rapport à la dégradation de la catastrophe humanitaire, nous voulons une recrudescence de la sécurisation de la zone. »

« Les bouddhistes en France, en tout cas sur la région Paca que j'ai scorée, c'est genre quarante ans bac plus cinq. »

« L'enfant doit apprendre à gérer ses émotions selon ses séquences scolaires. »

« Gueugnon, c'est des pénibles, on va les exploser. Tout Laval, on a la haine qui gagne. »

— Putain, dis-je, c'est du français, ça ? se demande le bougnoule.
— Tu t'énerves.
— *Lo siento.*
— Mais le bougnoule fait des progrès rapides en castillan !
— « Longtemps fut à nous la Castille, et plus longtemps l'Andalousie. »
Il n'y a plus de Pyrénées : qu'un magique tapis de nuages. Mais, sur le versant sud, ils se déchirent, se décomposent puis se volatilisent en un instant. Ciel bleu dur, alors, jour cru, royale réalité d'un paysage aride, gris, brun, roux – donquichottesque. Et l'idée évidente quoique absurde que c'est là mon pays.

*

Le camarade Iñigo, que je ne connaissais pas, a eu la gentillesse de venir nous chercher à l'aéroport. Signes de reconnaissance : chemise blanche, veste de cuir noir, béret. Et inattendu, subtil, délicat, ce furtif salut à l'arabe, main sur le cœur, auquel je réponds pareillement.

Il nous déposera devant notre hôtel, près de la Puerta del Sol ; viendra nous y retrouver vers dix heures ce soir.

*

Notre hôtel ?

— J'ai une réservation payée de Paris... *Para una individual, sí, señor,* mais nous sommes deux.

(Myriam, ne rougis pas !)

— Vous n'avez pas une chambre avec un grand lit ? La différence sera pour moi.

(Paul, ne rougis pas !)

Oui, on peut nous proposer la 13 – deux mille sept cents pesetas en sus, *IVA incluido, sin desayuno*. Une chance, que nous ne soyons pas superstitieux.

— *Muy bien.*

Ce n'est pas le Modern' de la rue des Martyrs : on nous accompagne jusqu'à notre chambre, on nous porte nos sacs, on nous ouvre la porte.

Dessus-de-lit et murs blancs, austérité toute castillane. Mais les ajours mudéjars des volets intérieurs tendent une mantille de lumière dans la pénombre.

Moi, la porte à peine refermée :

— Pipi ! J'y vais ou je meurs.

Myriam :

— Vis ! J'irai après, amour.

Arabesques en céramique dans la salle de bains.

— En Espagne itou, dis-je à voix haute, les chiaves sont des Ideal.

— Comme c'est intéressant !

— L'Europe est faite.

Je l'entends rire.

Et quand c'est son tour, de derrière la porte, je l'entends pisser, et j'en suis férocement heureux.

— *La Pisseuse* : un tableau de Picasso.

Elle ressort.

— Et maintenant ?

Sieste crapuleuse avant d'aller déjeuner tard, à l'heure espagnole.

*

Vocabulaire de la corrida :

Parar, aguantar, templar, mandar, cargar la suerte.

Poésie des mots notés dans un livre de tauromachie, poésie des gestes.

Parar : s'immobiliser sur le lieu choisi dans l'arène pour conduire la passe ; – *aguantar* : attendre de pied ferme la charge de l'animal ; – *templar* : accorder, comme on accorde une guitare ou un violon, accorder le mouvement de la muleta à la cadence de l'animal ; – *mandar* : guider la charge de l'animal jusqu'à son issue ; – *cargar la suerte* : avancer une jambe vers la corne contraire de l'animal pour désaxer sa charge.

La suerte : le sort, le hasard, la chance, mais aussi toutes les figures du toreo : piques, passes de cape ou de muleta, banderilles, sauts, feintes, écarts, esquives, estocade – les figures de l'art. Assez semblables aux figures du noble art, la boxe, que m'a enseignées un Espagnol : Monsieur Luis.

Morale, donc, que le *cargar la suerte* : se risquer, courir sa chance et la contenir, faire face à son sort, le provoquer et l'esquiver en un seul mouvement – secret du bonheur. Défi, danse, danse avec la mort, contre la mort – tout contre.

Art de vivre, également, que le *temple* : accord parfait, unisson, duo en mesure, en cadence, avec la brutalité contraire de l'animal, dans le but de la dominer… S'assumer homme avec justesse, en somme : cultiver son humanité sans renier sa violence ni sa vitalité, trouver l'harmonie entre instinct et civilité – secret de l'élégance. Et image assez juste du style, aussi. Bien écrire est un *temple*.

*

Toréer sa vie ? Choisir son lieu dans l'arène, s'y tenir de pied ferme, faire face, mais de profil, aux pouvoirs, quels qu'ils soient, défier dans l'ombre l'adversaire, l'agacer, le duper, éviter en beauté les coups sans toutefois jamais transiger sur l'honneur… *¡ Sí !*

*

Désobéissance aux lois scélérates.

*

Aimer, écrire, vivre libre.

Est-ce la Terre promise, les rivages imaginaires où nous abordions parfois dans nos jeux, mon frère et moi, un pays où nous nous sentirions enfin parfaitement admis ? Suis-je ensorcelé comme Segismundo, le héros de *La vida es sueño* ? Suis-je *segismundado*, comme le dit royalement Calderón ?

Non, la vie n'est pas un songe : tout m'enchante ici, mais rien de plus réel. Nous avons atterri à midi, il n'est jamais que neuf heures du soir, or le fait est, et ne me surprend déjà plus : je suis ici chez moi. À l'évidence, j'ai trouvé mon pays.

Templar : je m'accorde à tout ce que je vois, à tout ce que j'entends autour de moi, à l'unisson de la foule, dans la foule, avec la foule, à l'heure du paseo dans le vieux Madrid, Myriam à mon bras. C'est une charge impétueuse de sensations neuves : des parfums plus lourds, une chaleur sèche et saine, nord-africaine, la vie dans la rue, une cohue heureuse, les débordements à la porte des cafés et des bars à tapas, les sons, les voix, la jota, si rauque, certains rires graves, aussi, et une aisance des corps, une manière de baiser sur la bouche, qui est la mienne mais que je n'oserais pas en public à Barbès… Ou l'amertume sucrée du manzanilla. Ou la gentillesse d'un serveur d'El Español, un quasi-nain, qui vient, sautillant entre les tables, nous resservir, sans que nous l'ayons demandé mais parce que nous sommes amoureux, sans doute, un second verre de manzanilla.

Au milieu de la place Santa Ana, un chanteur de cante jondo module comme un muezzin appelant à la prière du soir, Al Maghrib.

Puis nous irons à la tasca Alberto, où les flacons de rouge de la casa, carrés, baignent dans un ruissellement d'eau froide sur le comptoir et où les verres à vin sont de la taille de nos verres à thé – vite remplis, vite vidés. Une plaque au mur indique qu'ici, avant nous, Cervantès venait boire et écrire.

— Au Chevalier, donc !

Myriam me nargue tendrement du coin de l'œil.

— Qu'est-ce qu'il y a, Paul ? Tu jubiles.

— Ah bon ? Rien. Je ne sais pas.

Si, je sais. Mais comment le lui dire ? que je me sens ici soudain miraculeusement délivré du regard des autres : je n'ai plus rien de nardène, d'arbi, de rabza ; je suis… Étranger mais indigène ? Voilà.

Au reste, elle a lu dans mes pensées :

— Ce n'est ni le Maroc ni la France, dit-elle bizarrement.

— Non, mais à mi-chemin. Chez moi.

*

— Et, si je peux encore te poser une question, le… *duende* ?

— Ah, comment traducer ? s'interroge Iñigo, dont le français est paillé d'hispanismes. Est un *termine* andalou *de* origine arabe…

Le dgen, le ténébreux génie, l'esprit qui s'empare du guitariste flamenco ou du matador et lui confère inspiration, cruauté, légèreté, transcendance – c'est du moins ce que je retiens des explications de mon camarade. Charme, en un mot. Charme au sens fort, noir, du mot.

— Il faut subir plus haut que soi pour tenir le *duende*.

— *Subir ?*

— S'élever, veut dire sans doute Iñigo.

— S'élever, pardon, oui, plus haut que soi.

Au sortir de la tasca où nous avons mangé un plat – arroz rojo arrosé de rioja –, il nous invite à une ultime copa – l'ultime, juré ! – non loin de là : nous aurons bien le temps demain, et les jours suivants, de discuter, nous deux, des prochaines interventions du Douz al-h' – tandis que Myriam sera prise par ses recherches à la Real Academia.

Nous sommes assis sous une cabeza de taureau empaillée – *astiblancos, lucero,* note-t-il : cornes blanches à pointes noires, tache blanche au front. Ce qui dénote, j'imagine, une certaine science tauromachique. Mais le sens du ridicule me retient de le questionner comme j'aimerais le faire. Ce serait, j'imagine, aussi relou que de me demander à oim, puisque rebeu je suis je, des lumières sur la banlieue, le raï, le rhouan, le nesbi, la dope, la baston, la bavure de chtar, les marabouts, l'égorgement halal du mouton, le foulard islamique, et les casses, et les caillassages, et ce que caillera veut dire, ou téci, et puis quoi encore ? Oualou. D'autant qu'Iñigo est très jeune : la corrida ne doit pas l'intéresser bésef, j'imagine.

Mais non, mais si. C'est lui qui se déclare, avec ironie, et la crainte indue de nous choquer, le seul aficionado né après la mort de Franco. Voici qu'il se lève pour un toreo de salon : quelques suertes imaginaires, quelques véroniques esquissées sans fausse honte entre les guéridons. Il se lance dans une défense véhémente de la corrida : affirmation de notre dignité humaine selon lui, liturgie supérieurement civilisée en ceci qu'elle mandate un sacrificateur habillé de soie et d'or pour nous libérer de notre noire cruauté et se jouer de la mort, si je le suis. Il dit que c'est le puritanisme des pays du Nord qui nie notre humanité en faisant de l'animal notre égal ; il dit que cet angélisme est la vraie barbarie de notre temps ; il dit qu'il ne veut pas vivre dans un monde privé de rites et sans virilité, infantile, asexué, non fumeur, sobre ; un monde où tout compliment à une jolie femme devient délit de harcèlement, où toute entreprise de séduction est interprétée comme un prélude au viol… Et le *duende*, tenu pour une manifestation condamnable, parce que forcément antidémocratique, du génie.

Iñigo me plaît, je suis fier à la pensée qu'il est des nôtres. Et je vois qu'il plaît à Myriam aussi.

Il lui demande :

— Je peux te dire à toi que tu es belle ?

— *¡ Por supuesto ! ¡ Muchas gracias !*

Elle rit aux éclats. Je suis sans jalousie. Au contraire, un fantasme m'effleure, aussi furtif, aussi insaisissable que ces passes qu'il exécute à la cape face à l'invisible charge du taureau : nous trois nous embrassant, nous caressant ; nous trois jouissant – *¡sí!* – sexuellement. Ange qui passe, ange du désir, amour ailé… Un homme et une femme, deux hommes, deux hommes et une femme – quelle importance, si affinités ? L'air chaud est tout imprégné de sensualité et sent l'anis doux.

— Du chichon ?

— Du chinchón.

— Le chichon se fume chez nous, le chinchón se boit chez vous…

— On en ferait une chanson !

— Le chichon chez toi
le chinchón chez moi
chica chica chic cha cha cha…

Les deux majos donnant chacun un bras à la maja, nous sommes ressortis du bar tous trois de front – un front un rien ondulatoire. Je ne m'étais jamais senti si libre : j'avais volé à Iñigo son béret noir de républicain ; Myriam trouvait qu'il m'allait bien.

— Tu parais un brigadiste, avec, Paul.

— Tu crois que tu te serais engagé en 1936, Paul ?

— Je suis venu en 1936 !

— Bouffon !

Tout autour de la plaza Mayor, de nombreux cafés et restaurants honorent la mémoire d'Hemingway, mais une taverne affiche plaisamment au-dehors que le grand écrivain n'est jamais entré ici.

— En ce cas, je n'y entrerai pas moi non plus !

— De toute manière, si nous voulons aller demain matin au Prado…

Iñigo approuve Myriam. Il nous faut, à son avis, nous présenter dès l'ouverture des portes, à neuf heures, passer par la grande entrée de l'étage supérieur, prendre à gauche dans la rotonde, tourner à droite, traverser l'enfilade des salles jusqu'à la 15 pour arriver aux Vélasquez, et là ! *parar y admirar*. Après, nous pourrons voir le reste.

— Mais selon moi, la première fois, Vélasquez, rien plus.

Je lui ai rendu son béret. Il nous a chastement quittés dans le hall de notre hôtel, nous laissant rêveurs, avec nos commentaires, Myriam et moi : matador imaginaire, imaginaire séducteur, imaginaire milicien anarchiste de la guerre civile… Un homme halluciné, habité par le duende. D'ailleurs, Manchègue, nous a-t-il dit.

— Et Don Quichotte de votre organisation ?

Non. Au dire de Salim et de Mort, un élément hors pair, lucide, réaliste, les pieds sur terre, notre meilleur agent hors de France. Plusieurs exilés d'Algérie lui doivent de vivre aujourd'hui en paix à… « *Que no se puede decir…* »

*

— Tu étais troublé ?

— Oui. Tu l'étais aussi.

— Tu l'étais plus que moi parce que tu es un homme.

— Ah, si c'est toi qui le dis…

*

— Tu dors ?

— Oui.

— Moi pas. Quelle heure est-il ?
— Deux du et quelques.
— *Beber me mata.* Je n'ai pas l'habitude.
— Boire te tue ? Mais : Vivre... ?

*

À trois heures du matin, l'auteur, à califourchon sur un bidet Ideal, ô Cervantès ! notait dans un carnet :

> Cuir noir, chemise blanche grise de sueur, mal rasé, mais le désir, l'anis, nos rires, ses gestes, sa manière de se tenir lui faisaient un habit de lumière sous le plafond bas mais étoilé du bar.
>
> Myriam, mi maja, mi mujer, mi judía, heureuse de ses hommages, jamais si belle, la carte des copas et tapas pour éventail... Son sourcil en tilde quand il la regardait droit dans les yeux.
>
> La musique dans ce bar ? La musique qu'écoutait Zoraïa, au Maroc, la musique de l'autre rive, disait-elle : Top 50 espagnol, flamenco rock, rap castillan, éxitos.
>
> « *Éxito* veut dire succès, Paul. »
>
> Ce voyage est un éxito. Jusqu'ici.
>
> « Mais ce bonheur fait un peu peur. »

Ce bonheur fait un peu peur à trois heures du matin. Et Myriam s'est endormie.

Parar y admirar : le rose d'une écharpe, la rosée d'un matin en automne sous les sabots du cheval, la pose d'une infante, la rose dans sa main, peinte de chic, à la volée, en deux ou trois coups de pinceau encore visibles, la soie, le daim, le cuir, le lin, le satin noir, le velours d'un autre noir, les reflets d'or sur une armure d'un autre noir encore, le regard que le roi pose sur nous qui le regardons, le regard des chiens et le regard des nains, la dignité des nains, leur humanité, un mélange de cruauté et de bonté, une manière de peindre le vent dans les crinières, la lumière dans les cheveux, l'éclat des yeux, l'air l'été, la chaleur dans un salon en contre-jour, car jusqu'à la chaleur, jusqu'à l'air, jusqu'au vent, jusqu'à l'envers du tableau, tout est représenté, et la mélancolie également, par touches légères dans le glacis bleu-vert du ciel, avec la trace d'autres gestes juste ébauchés sur un fond de brume, d'autres postures, et des taches plus vives qui, vues de près, ne sont que des taches, mais, de loin, des rubis, des plumes, des fils d'argent ou de la chair... Et l'ivresse, aussi, et l'honneur, et l'ennui, et la noblesse du peintre debout devant sa toile – putain !

— Vélasquez, *rien plus*.

— *Rien plus*, Vélasquez.

Iñigo avait raison. La joie est telle !

Et ma baraka ! Car, si je n'avais pas connu Myriam, est-ce que j'aurais jamais connu cela ? Est-ce que j'aurais jamais regardé, j'entends vraiment regardé, un tableau de Picasso ? Est-ce que j'aurais jamais visité le Prado ? Est-ce que j'aurais jamais été touché par Vélasquez ? Est-ce que j'en aurais eu la révélation ?

Ses parents, heureusement incroyants, l'ont amenée très jeune dans les musées, lui ont enseigné l'art d'admirer, mais moi ? Deux ou trois visites au Louvre, avec le lycée : deux ou trois chiés chahuts. Deux ou trois visites seul, plus tard... Sans rien voir réellement. Parce que n'ayant pas appris à voir ? Parce que marqué, malgré moi, par l'islam, qui prohibe la figuration du vivant ?

Sans doute.

— Haram, le plaisir de regarder : péché.

Mais Myriam me montre comment, ici et là, les couleurs pures ont été jetées au lancer sur la toile, du bout des poils du pinceau, ou, ailleurs, à l'inverse, minutieusement posées par petites touches au moyen du manche en bois épointé. Elle me montre l'architecture cachée du tableau, les diagonales, les droites, les perpendiculaires. Elle me montre les secrets d'exécution, les corrections, le dessin fantomatique d'une main, les traces d'un autre sabot de cheval, d'un autre galop, moins enlevé... Elle me dit qu'on nomme cela les repentirs.

— Les repentirs réapparaissent avec le temps, ou quand on nettoie trop bien la toile.

— Ou Vélasquez les aura laissés visibles volontairement...

Parce que ses repentirs donnent du mouvement à sa peinture, de la vie, et qu'il est un grand artiste et n'a donc peur de rien ? je pose la question.

— Tu crois ?

— Je crois en Vélasquez, oui.

*

Los sueños sueños son.

Pour Vélasquez aussi la vie est un songe. Il est l'exact contemporain de Calderón.

*

De la dynamite cérébrale.

Iñigo nous a fait marrer en nous parlant de ces milices libertaires qui sévirent au début du Frente popular, en 1936. La plupart portaient des noms extraordinaires :

Los poetas insurgentes, Los hijos de puta, Los militantes del desorden, Los organizadores del caos revolucionario...

Mieux encore :

Los de la dinamita cerebral !

Une milice libertaire : le paradoxe me botte. Une milice de poètes insurgés, de fils de pute, de militants du désordre, d'organisateurs du chaos... Douz al-h' : une milice libertaire de clandestins n'utilisant ni armes ni explosifs excepté la dynamite cérébrale.

Exista également, en 1936, un éphémère Groupe Vélasquez.

*

Et dans ma mémoire, à présent, les jours qui suivent ont les tons doux mais lumineux de Vélasquez, leur éclat mat. Plaisirs neufs, sensations, saveurs, moments d'un rare bonheur, rires, riens, mais dont le souvenir me touche aujourd'hui encore. Et des mots, de simples mots, leur sonorité : *Sol y sombra, besos, vino tinto, duende, dulce, suave, suerte,* etc.

Nous nous retrouvons près du Palacio de Cristal, Iñigo et moi, nous nous asseyons sur un banc ; un grand chien roux qu'on dirait abandonné vient paisiblement se coucher à nos pieds et ne bouge plus de là. Myriam travaille aux archives du musée Reina Sofia, ou à l'Academia Real. Je retourne seul au Prado, voir d'autres peintures, les Greco, les Goya noirs. Le lendemain, dans le train des Cercanías qui nous conduit à Tolède, les gens assis en face de nous ont, à mes yeux, des visages de vierges ou de saints. Aux yeux de Myriam aussi. Et cela aussi nous comble.

— C'était bien la peine de m'exiler au Maroc ! dis-je en traversant la gare de Tolède, édifice mauresque richement décoré de zelliges.

Autour de Santa María la Blanca, synagogue construite sur le plan d'une mosquée almohade et consacrée ensuite au culte catholique, les rues m'évoquent les médinas du Maroc, les mellahs – 'llah. C'est là, au souk du quartier juif, que Cervantès a découvert le manuscrit de *Don Quichotte*, le roman d'Ahmed Ben Engeli. Et c'est au cloître de la cathédrale gothique qu'il a conduit son traducteur arabe pour plus de tranquillité.

— Là, Myriam, là où nous sommes !

De retour à Madrid, le soir, nous approfondirons notre connaissance des vins, riojas et jumillas : un taja, surtout, sombre, lourd, au parfum de graves, aux repentirs de cassis, de réglisse et de terre. Et notre serveur préféré, qui ressemble au nain de Vélasquez, El Primo, nous resservira un autre verre. Et à une fiesta où nous convie Iñigo, nous danserons jusqu'au petit jour... À l'heure de relève des cavaliers de la Guardia civil, plaza de Oriente, alors qu'une mince écharpe de brume rose s'étire, au loin, dans le ciel bleu sombre de la sierra de Guadarrama.

— Chocolat chaud et churros ?

— Chocolat chaud et churros.

*

Quoi d'autre ?

Une autre fois, devant le palais royal, des ouvriers torse nu, blancs de stuc, vivantes statues, qui se retournent pour regarder passer Myriam, à mon bras, et la sifflent. *¡ Pero, hombres ! es mi maja, mi mujer, mi mía.*

Dans les jardins du Retiro, une hideuse Gitane qui nous a prédit hier *un amor hasta la muerte*. J'ai ramassé un sequin tombé de sa robe mauve déchirée que j'ai gardé en gage. Comme Myriam a gardé mes bracelets berbères.

Quoi d'autre encore ?

Au moment de faire les bagages, un brusque accès d'agressivité mutuelle, puis de détresse presque, puis la tendresse retrouvée. Elle croyait avoir égaré son dossier Picasso, sur lequel elle était assise ; et, me voyant bourrer sans aucun soin mes affaires dans mon sac marin, m'a traité de militant du désordre ! d'organisateur du chaos ! de fils de pute !

— Ah, n'insulte pas ma mère, hein !

Un regret ? Un regret aussi. Il en fallait un. Le regret sans quoi un départ n'est pas tout à fait réussi, un désir pas tout à fait assouvi, la pointe de bleu dont Vélasquez ombre son rose pour le rehausser – Myriam m'a appris cela aussi –, le regret de n'avoir pas assisté à une corrida. À l'heure où notre avion décollait, les alguazils pénétraient, au son du clairon, dans l'arène de Las Ventas.

*

Siguiriyas, polos, martinetes, et *carceleras*, et *soleares*, et *serranas*... Mélodies du cante jondo. *Alegrías, bulerías, fandango*... Danses du cante chico. Mais qu'est-ce que la *malagueña*, la *granadina*, la *rondeña*, la *petenera* ? Il faudra revenir. Y revenir.

*

Et – j'oubliais –, en entrant chez un disquaire de la Gran Vía – madeleine : l'air ! la mélodie que nous avait jouée un soir, chez Noureddine, Leïna – ce mouvement andalou, lent et valsé à la fois, dont je n'avais pas osé demander ce que c'était. Une goyesca de Granados : *El amor y la muerte*.

*

Federico García Lorca :

> « Dans toute la musique arabe – danse, chanson ou élégie – la venue du duende est saluée d'énergiques : Allah ! Allah ! (Dieu ! Dieu !) si proches du olé ! des corridas qu'on se demande si ce n'est pas le même mot. »

*

La siguiriya – notre séguedille, celle qui se danse sous les remparts de Séville –, la séguedille est la forme la plus parfaite du cante jondo, selon Lorca – « le parfait poème des larmes ». La copla – le couplet – de quatre vers : deux hexasyllabes, un décasyllabe et, pour finir, un autre hexasyllabe. Hexasyllabes de cinq ou sept pieds au besoin, décasyllabe de neuf ou onze syllabes : vers douteux, vers boiteux, vers blancs, le duende le permet, le tremblement de la voix recherché, la cadence incertaine voulue, la scansion arabe qui suscite la danse, la danse, la liberté du poète insurgé.

Séguedille, donc, séguedille à neuf mille mètres d'altitude, séguedille aux couplets écrits au vol, en vol, dans l'avion, à la va-vite, et qui valent ce qu'ils valent mais que je dédie, en souvenir des heures heureuses, à l'amigo Iñigo, et à Myriam :

Palacio de Cristal,
nous parlons frontières,
papiers, passeurs, ressources du Douz al-h'
— un chien roux à nos pieds.

Larmes et repentirs,
velours noir, satin rose,
l'art de Vélasquez, son claroscuro
— Myriam me les fit voir.

Dans la nuit madrilène,
à la Puerta del Sol,
feu rouge, baiser, langues mélangées
— au feu vert, les klaxons.

El Primo nous servit
du vin et des tapas,
et de ces alevins nommés hulas
— qui font comme des vers blancs.

De Sol à Atocha,
trois stations de métro,
la passion des fous du Real Madrid
— leurs cris, leur ola ! 'Llah !

Labès, labès ! Barbès,
nous voici de retour,
le sidi et son amour, sa maja
— j'ai oublié Casa.

Vol IB 3444. 10.05.98

— Ce qui m'a le plus impressionné au Mémorial de la guerre, c'est la spirale du début, la descente vers la guerre.
— Moi, c'est le débarquement sur grand écran. C'est géant !

*

Labès, labès, Barbès ! Ce n'est rien, un pincement au cœur, un peu de bleu, la redescente vers un réel forcément moins royal. Dans le tumulte madrilène, j'avais oublié ce grand sentiment de vide quand j'ai eu terminé mon second h'roman… Le revoici. Je l'avais seulement tenu en respect – un pas ! fendu ! ta garde ! Et je pensais moins souvent à Daniel. Mais en revoyant Maman, je l'ai trouvée plus sombre qu'à mon départ, voilée d'un hidjab de mélancolie comme à mon retour de Casa… Ou est-ce une idée noire ? Une de plus ?
Salim a fait une remarque étrange :
— Barbès noircit de plus en plus.

Je n'ai pas relevé : il voulait sans doute dire que les Noirs y sont maintenant plus nombreux que les Maghrébins, mais je l'ai entendu autrement sur le coup.

Et Sami, qui a lu le manuscrit de *Casa, la casa* :

— Les libraires et le public te suivront peut-être, mais dis-toi que les critiques pardonnent rarement un premier succès. On t'attend au tournant.

Moi :

— J'étais auteur à *éxito, sí* ! Jusqu'ici. Et maintenant ? Exit ?

Marie :

— Et ça le fait marrer !

Tant mieux si j'ai pu dissimuler aussi bien ce que je ressens.

— Je changerai de trottoir.

— « Passager clandestin de la vie »... Tu l'as écrit.

*

Pas de rose si tout est rose. Il faut vouloir le gris avec, la touche de bleu qui exalte le rose. Vouloir ce mal au cœur, ce vide, ce vague... Le vouloir ! J'ai bu la dernière bouteille de taja achetée au duty free de Bajaras, j'ai mis sur replay la plage 7 du disque de musique pour piano de Granados : *El amor y la muerte – i sí !*

J'essaie de me ressouvenir : *parar, templar, mandar*... Et la *suerte*, et le *quite. Cargar*... Affronter l'horreur tranquille du quotidien, les angoisses de ceux que j'aime, les miennes, l'attente, les suites du succès, les nouvelles – « nouvelle vague de massacres en Algérie ». L'appel de Moh, qui vient d'apprendre l'assassinat d'un ami, professeur de français à Tlemcen... La mort toujours recommencée de Daniel sous un voile de plastique translucide. Et celle de mon père. Le zigzag vert et lumineux de la vie sur l'écran du moniteur, le zigzag qui devenait droite, horizontale, horizon – putain ! non ! non !

Trouver le *temple* : l'accord avec la mort qui charge, les passes, l'esquive mesurée, un pas en avant, profil, face – pile ! Refaire indéfiniment son deuil.

Au-dessus de ma table de travail, la mer des toits de zinc, la nuit orange dans l'œil-de-bœuf, la rumeur de Barbès. « Barbès noircit de plus en plus. »

*

Lorca :

> « Le duende refuse de se montrer s'il ne voit pas de possibilité de mort, s'il n'a pas l'assurance de remuer ces ramures en nous qui sont, qui resteront, inconsolables. »

*

Vingt-deux villageois, hommes, femmes et enfants, égorgés à un faux barrage dressé dans la région d'Oran. (Intérim)

*

HUMANISER L'HUMANITAIRE

*

Mais ce matin, une grande enveloppe au courrier : réexpédiés par mon éditeur, les lettres et paquets qui continuent d'affluer. Une trentaine, encore, en dix jours. Autres aveux, autres souvenirs d'enfance, autres récits d'humiliations inoubliables, autres compliments, autres encouragements, autres mots d'amour ou de fraternité, ou de confraternité, livres dédicacés d'Alina Reyes, Éric Holder, Hugues Drappier, et Salah E., de Casablanca. Autres éditeurs qui m'adressent, aux bons soins de mon éditeur ! des offres de le quitter pour signer chez eux – ouais. (Sami, quand je le lui dirai : « Élégant. »)

Plus les deux messages haineux habituels, plus ou moins mensuels : des menaces de mort signées *FN*, des menaces de mort signées *FM*. Front national ? Frères musulmans ? Comme tout est dans l'ordre des choses si j'ai bien deviné ! Comme tout est bien ! Pas besoin de nommer l'ennemi, sa prose le dénonce : *La valise ou le cerceuil* – sic ! *Retournes* – sic – *dans ton douar, le melon, si tu est* – sic – *pas content de vivre ici*... Ou : *Tu couches avec une Juive, qu'Allah te damne !*

Mais quelle est la msrote qui m'écrit aujourd'hui : *Moi vivante, vous ne publierez plus jamais, je vous « tuerais »*, et paraphe sa curieuse menace de mort au conditionnel, curieusement adoucie de guillemets, *CRT* ?

Bon. Rester dans la clandestinité. Au besoin, m'exiler. Pourquoi pas dans un des pays où je serai, sous peu, publié : Pays-Bas, Grande-Bretagne, Irlande, Allemagne, Autriche, Italie, Espagne ? Arbi mais francaoui : citoyen des Quinze, je suis je, ne pas l'oublier. Pas de houdoûd pour oim. Non : étiquette verte, libre circulation des marchandises… Comme pour les cendres de Daniel.

Mes traducteurs aussi m'écrivent.

La traductrice flamande de *Leven doodt mij* veut savoir ce que signifie *m'dereh, rhmale, halouf, chelaouam, churl*, et si *chulé* est plus ordurier qu'*enculé*.

— *Ja, mewrouw*, c'est la prononciation nardène d'*enculé*.

La traductrice italienne, qui a traduit, entre autres, Céline et Genet – 'llah! –, me demande en quoi consistent *encaisser au cul du camion* et *se faire casser* et *charquer*.

— Tuer mais très salement, *signora*, à la nardène, *in modo bestiale*.

Le traducteur allemand, qui a traduit, entre autres, Céline et Guibert – 'llah! –, aimerait des éclaircissements quant aux termes de marine que je cite. Il a bien vu que la première ligne de mon roman était empruntée à Melville, mais: *Carguez les voiles de misaine! Amenez la brigantine! Hissez foc et clinfoc! Ferlez! Lofez*?

Et le traducteur espagnol propose pour titre: *Vivir me mata*.

Sonnez, clairons! *¡ Sí!*

Et puis, pour achever de me faire la chetron à ne plus pouvoir passer sous le tunnel de l'Alma, je reçois un exemplaire du:

Dictionnaire du français contemporain des cités

Maisonneuve & Larose, 1998,

de: M. Jean-Pierre Goudaillier

professeur de linguistique, vice-doyen de la Faculté des sciences humaines et sociales-Sorbonne de l'Université René-Descartes (Paris V), directeur du département de linguistique générale et appliquée, etc.;

préface de: M. Claude Hagège

professeur au Collège de France;

nouvelle édition augmentée – augmentée pour y introduire sous une dizaine d'entrées des exemples tirés de: *Vivre me tue*, de M. Paul Smaïl!

Et ayant lu cela, alors, jubilant, M. Paul Smaïl, ouf à donf, foncedé, se met à zouker seul mitan sa piaule la n'importe oiq: valse rebeu, java caillera, fandango gol, tango et le toutim, tout en modulant des youyous! Grave.

Que disait à mon sujet Mme Solal?

Ah oui: « Un besoin éperdu de respect, un tempérament instable, une mobilité maladive de l'humeur: la névrose caractéristique d'un moi scindé entre deux cultures… »

Comme elle a dit elle!

*

Titres:

Le reste est littérature
Passager clandestin de la vie
La Passion selon moi

J'en ai fini de Casa, et de *Casa, la casa*. Le roman si peu romanesque de mon désenchantement et de mon retour est terminé ; les épreuves, corrigées. L'été est là. Maintenant, quand je ressors avec mes amis de chez Cheb Mmouni ou de chez Cheb Mouchi, il fait toujours grand jour encore. Je remonte alors seul dans ma chambre ajouter quelques lignes à mon journal. Les toits de zinc chauffés à blanc éblouissent, le papier devant moi en devient aussi lumineux que l'écran. Et si je lève les yeux, je suis aveuglé. Vivre et écrire ma vie se confondent de plus en plus. Le délai entre vécu et noté tend vers zéro. Je note :

> Le délai entre vécu et noté tend vers zéro. Vertige. À la fin, si cela continue, je n'aurai plus rien d'autre à écrire que : *J'écris*. La folie guette. Il faut échapper à ce narcissisme. Cesser de dire *je*. Commencer maintenant un vrai roman : un roman de pure imagination – des situations, des personnages inventés. Et le rédiger à la troisième per-

sonne… Au passé simple, pendant que j'y suis : le temps privilégié du récit, comme on me l'a appris. En finir avec le présent – avec le temps réel.

Mais notre héros, effrayé, redescendit vite de sa chambre torride… Non, impossible ! Impossible d'imaginer à la troisième personne et au passé simple, impossible de trouver la bonne distance… Le ton… La couleur… Et en attendant, rien ne vient : aucune idée de roman ou seulement de nouvelle. Le présent s'obstine, vide, dépressionnaire comme ce ciel bas et blanc dans l'œil-de-bœuf. Le temps réel s'étire en un jour sans fin, sans air ; une odeur de gaz et de goudron visqueux qui me rappelle Mers-Sultan, l'été dernier, à l'heure où le muezzin entonnait l'appel à la prière du soir. Le qalfata… L'odeur du pont calfaté des navires, si j'en crois Stevenson, Conrad, Melville. Je voudrais lever l'ancre mais je reste à quai, englué dans la mesquine – meskin ! réalité d'un soir infini de juin 1998, à Paris 18e.

*

Rimbaud :

On ne part pas.

*

Je redescends donc de ma chambre torride. En bas, un charclo s'est couché en travers de l'entrée, sur qui je manque trébucher – h'chouma ! j'ai pensé : sur quoi j'ai manqué trébucher, tant il est vrai qu'il n'a plus forme humaine. Un tas de coton imprimé africain et de fripes en lambeaux, de merde et de plaies séchées, de peau noire ulcérée tirant sur le bleu nuit, grenue comme un gros cuir, durcie d'escarres... Je le reconnais cependant : Babou Abi, du Mali, comme il se nomme en personne quand il n'a pas trop bu et tient encore debout – quand les mouches rouges du reproche cessent de le tourmenter.

Je lui demande si je peux quelque chose pour lui, il me prie poliment, et en bon français, de ne pas le faire chier.

Il fait toujours grand jour et il y a foule, boulevard Barbès. Dans la soirée, des affiches d'aspect totalitaire, mi-stalinien, mi-nazi, ont été posées sous vitre au revers des plans du quartier – *Vous êtes ici* :

REMPLISSEZ VOTRE DEVOIR
au
NIKEPARK

BOMBARDEZ LE BUT !
–
DÉPASSEZ-VOUS !

LA RÉPUBLIQUE POPULAIRE DU FOOTBALL
– PARVIS LA DÉFENSE –

Rue Myrha, du chaabi, aussi poisseux que l'air, s'épanche d'un soupirail : oud, violons et chant à l'unisson, si proches du sanglot. Des fruits blets bleuissent à l'étal chez Charif. Bachir a écrit à la peinture blanche, sur sa vitrine :

Et rue des Poissonniers, les palissades d'un chantier sont recouvertes d'autres affiches au graphisme rouge et noir, épais de menaces :

DONNEZ VOTRE SANG !
LA FRANCE ACCUEILLE LE MONDE

Professeur Si Kif, le marabout qui avait promis un mariage heureux à ma tante Zaïa, a collé de ses tracts par-dessus. Il continue de faire miroiter aux gens du quartier qui le consulteraient un avenir radieux en France.

SURVIVRE À L'AN 2000

Mais les sans-papiers sont toujours sans papiers. Un hélicoptère en vol fixe déchire le ciel du fracas de ses rotors. Des fourgons de CRS font retentir leurs sirènes.

Un vieux hadj édenté lève le poing et marmonne :

— Achachins, achachins...

*

— Quoi qu'on fasse, on est comme Fabrice à Waterloo : dans le fossé, à regarder passer l'Histoire sur la route, au-dessus de nous.

*

J'ai tourné machinalement dans la rue d'Oran, et je suis monté chez Diop. Il aura un peu de beuh, de quoi se rouler un joint ou deux.

Je lui dis, en me jetant sur son lit défait :

— Survivre à l'été, survivre au Mondial, survivre à l'an 2000...

Lui aussi a repéré les papillons publicitaires du sorcier de la rue des Poissonniers qui a escroqué sa mère en lui faisant longtemps espérer un emploi.

— Survivre à l'an 2000 ! Son quetru maintenant, Si Kif, est la mort prochaine prédire de Cheik Chevènement par empoisonnement du sang. Il dit qu'ensorcelé il l'a.

— Nahan !

— Tué tu es, toi, ajoute-t-il tendrement en me tendant le joint. Myriam ?

— Myriam, oui.

— Elle t'a...

Le mot en suspens est, à l'évidence, *quitté*.

Je hurle, presque :

— Tu es fou ou quoi ?

Il soupire, soulagé. Je disperse d'un geste conjuratoire la fumée âcre, je souffle comme s'il m'avait frappé au plexus.

— Seulement une soirée à passer sans elle...

— Ah.

Il baisse les yeux, embarrassé comme si c'était lui qui venait d'avoir l'impudeur d'avouer sa passion. Sa main droite s'élève en volutes fatalistes dans le vide : c'est ainsi, hélas ! rien à faire, l'amour, l'amour, etc. Pour un peu, il me plaindrait, lui qui vit seul et sans amour.

Que faire ? Il est trop tard pour aller enfiler les gants ou s'infliger une bonne suée en sac-poubelle chez Monsieur Luis. Appeler Myriam chez cet expert de Picasso avec qui elle travaille ce soir ? Je n'ai pas son numéro. Et d'ailleurs, si je l'avais... Un ballon chez Cheb Mouchi, alors ? Non plus, j'en viens.

— Rien. Une taffe, et je retourne oim chez.

*

— Nous ne disons plus « frères », le mot a été trop souillé de sang par les religieux... Nous disons « camarades ».

— Ah bon, ce mot-là n'a pas été souillé de sang ?

— Si. Alors quoi ? « Compagnons » ?

— « Amis », le seul mot qui n'ait pas été sali.

*

Il fait encore jour quand je repars de chez Diop. La rue des Poissonniers est envahie de footeux aux visages peinturlurés de bleu blanc rouge qui défilent avec tambours, cornes de brume et sifflets. Renois et Rebeux, leurs mères ! qui scandent des :

— Zizou ! Zizou ! Zizou !

puis reprennent en chœur et en canon :

— Allez, les Bleus ! Allez, les Bleus ! Allez...

Babou Abi a disparu de l'entrée de mon immeuble, boulevard Barbès, embarqué par le Samu social, repris par les mouches rouges du reproche qui harcèlent les Dioulas retombés dans l'animisme et le vin, ou Dieu sait. Il a laissé tomber un de ses fétiches de filasse tressée devant la porte.

Je rebrousse chemin, je traverse le boulevard : je vais monter dire bonsoir à Maman et à Zaïa, manger un morceau.

*

*

Maman se découvrant en élégante habillée de noir dans les miroirs du magasin Victoire :
— C'est trop beau... C'est trop beau pour moi, mon fils.

Daniel, blond cendré, des traces de fard argenté au coin des lèvres, les yeux noyés de larmes :
— Maman, si elle savait ?

Mon père, me prenant la main :
— Tu seras l'homme de la maison.

Myriam s'asseyant sur l'accoudoir du fauteuil, puis se laissant doucement glisser, se lovant contre mon ventre et ma poitrine, se carrant entre mes cuisses, s'abandonnant :
— Ça fait mal ?
Et moi :
— Ça fait mal, oui.

*

La France bat le Danemark par 2 buts à 1.

Le chanteur kabyle Lounès Matoub assassiné près de son village natal à une centaine de kilomètres d'Alger. Il était un ardent défenseur de la langue berbère...

*

Le conférencier :

« La grande tradition arabe assigne à la littérature de chanter dans une prose assonancée – *saj'* – la solitude du poète, ses regrets et ses peines, de pleurer les hommes morts de sa parenté et d'exalter le courage et la générosité de ses amis, leurs combats valeureux. Mais aussi de fustiger l'ennemi dans une satire féroce – *hijâ'* – et de rappeler la puissance du destin et la fuite du temps… »

*

Un supporter :

— Si il rate le but, il est rebeu, si il le met, il est français. Pile ou face.

TURBULENCES DANS LE CIEL SOCIAL

*

Comme des damnés dans une fosse de l'Enfer, ces vieux plongés jusqu'au cou dans la boue et la buée, mais la nuque soutenue par une bouée, et l'air ravi, béats sous leurs bonnets de latex rose qui leur font des occiputs de nouveau-nés... Contents de leur sort, témoins du bonheur parfait des retraités en Californie: une image du site Capital, sur le Net, illustrant un article consacré aux Veuves Écossaises.

— Jusqu'au cou ! Regardez-les ! Barbotant dans leurs bains à remous et leurs fonds de pension... Et nous, jusqu'au cou dans la merde ! Pour assurer leurs vieux jours, qu'ils puissent mieux soigner leurs vieux os et leurs vieilles peaux... Les fonds de pension ! Tout est là. Les retraités américains ont leur pension garantie sur les actions des plus grosses sociétés dans le monde... Quatre ou cinq milliards de dollars placés sur toutes les Bourses du monde. Ils sont propriétaires de fait des plus grandes entreprises et le seul but, pour eux, est une meilleure rémunération de l'action... Le profit ! le profit ! le profit ! Alors, élévation du seuil de rentabilité, restructurations, fusions, mondialisation. D'où dégraissages massifs, baisse des salaires, flexibilité... Et cetera, et cetera. Retour aux conditions du capitalisme primitif, du capitalisme sauvage. Nous pouvons bien tous en crever : il faut d'abord satisfaire aux ratios et critères définis par les Veuves Écossaises...

— Ah, celles-là !

— Les sorcières de Macbeth !

— Pour que ces vieux aient leurs bains de soleil et leurs bains de boue assurés... C'est ça le fond des choses : les fonds de pension ! Elle est là toute l'histoire. La fin de tout.

— « La crevaison pour le monde qui va. C'est la vraie marche. En avant, route ! »

— Regarde, a dit Diop, tu cliques et c'est tout !

L'image a disparu de l'écran, et nous avons ri tous autant que nous étions réunis devant l'ordinateur de Sami. Et puis nous sommes retournés au salon nous asseoir devant la télévision : le match allait commencer – la finale.

— Zizou ! Zizou !

J'ai repensé à ce que notre ami venait de nous dire et je me suis demandé si, à une autre époque, nous n'aurions pas imaginé un coup de main contre ces fameuses Veuves Écossaises, ou toute autre horreur économique... Mais la violence n'a plus de sens et n'est d'aucun pouvoir contre un pouvoir aussi immatériel. Bulle financière, cotations notionnelles, simulations des cours, jeux des valeurs, argent virtuel : purs esprits virulents, réalités spectrales, désincarnées, fantomatiques, invisibles mouches rouges de cet animisme moderne que seuls des sorciers modernes sauraient exorciser, annihiler – des informaticiens capables de pénétrer au cœur des mémoires, de casser les codes, de détruire les données en y introduisant le bug fatal…

— But ! But ! But, putain ! But !

Ce que nous ne sommes ni moi ni aucun de nous engagés dans Douz al-h'. Ce pourquoi nous sommes voués au romantisme de la fraternité et des actions à l'ancienne, Fati, Salima, Salim, Sami, Mort, Moh et moi. Passeurs attendant un appel sous le ciel étoilé, chauffeurs coupant par une mauvaise route non surveillée, femmes chargées de lever des fonds auprès de gens fortunés acquis à la cause – mission la plus ingrate de toutes, sans doute.

— Zizou ! Zizou ! Zizou ! Zizou ! Zizou !

Engagement dérisoire, engagement illusoire ? Peut-être. Mais que pouvons-nous opposer à l'illusionnisme du pouvoir ? L'illusion est l'arme du pouvoir, l'illusion est le pouvoir. Insaisissables, nous sommes ; ou, du moins, l'avons-nous été jusqu'ici ('llah !). Mais le pouvoir aussi l'est, hélas, insaisissable.

— La ola ! La ola ! La ola ! Paul, la ola !

Mais je n'arrivais pas à partager la joie commune, sans savoir pourquoi. Parce que Myriam avait résolument déclaré hier qu'elle n'en avait rien à foutre du foot ! qu'elle ne céderait pas à l'intimidation sociale ! qu'elle ne viendrait pas voir le match, et qu'elle avait tenu parole ? Parce que tout me paraissait irréel alors : le vert acide de la pelouse comme le bleu gaz des maillots, les commentaires des commentateurs comme la communion des spectateurs en transe, leur enthousiasme, leur joie, justement... Cette joie-là.

Et puis, soudain, au deuxième but, ce fut plus fort que moi : je me suis levé et je me suis mis à scander, moi aussi :

— Zizou ! Zizou ! Zizou !

Comme si ce but de Zinedine Zidane... Comme si c'était ma victoire à moi aussi – putain.

*

— Les Veuves Écossaises firent de moi un livreur de pizzas et un gardien de nuit. Et si je n'avais pas écrit...

— Au talent qu'on exige d'un Arbi, quel Francaoui serait digne de... et cetera ?

— À boire ! À boire !

*

Condamnés à faire nos intéressants, comme le disait des Noirs américains, ses frères, James Baldwin ? Est-ce notre victoire ou notre défaite ?

Oh ! mais c'est que, tout à coup, nous les intéressons, en effet ! Sur le coup de minuit, au milieu des youyous et des cris de liesse, le téléphone retentit chez les Yahia.

— Qui ?

Salim nous le donne en mille : la patronne de Spectacles & Co ! Il lui faut toute affaire cessante un portrait de Zanedane Zadine, de Zinane Zadidine, de Zinine Zadadane – enfin, vous voyez qui, n'est-ce pas ? Zizou, quoi ! Or, qui serait mieux qualifié que M. Yahia pour – n'est-ce pas ?

— Tassepé !

— Nasseco !
— Fiassepou !
Mais, à notre étonnement, M. Yahia ne dit pas non. Au contraire, il se lance dans une ahurissante tcheutcha : que, oui, qu'il connaît très très bien le héros du jour, madame, vu qu'il est de la même téci – cité, si vous préférez, madame ; que, minot, il y jouait lui avec ensemble au toof, madame... Il sera là dès demain matin de bonne heure, à Colombes. Si madame peut appeler personnellement Marco, lui demander de venir, et faire prévenir le vigile, pardon, le responsable de la sécurité, à l'entrée – il se nomme Hocine, oui, madame, il a un nom : Hocine Hadjadjahi...
— Je vous l'épelle : H... a... d... j... a... d... j... a... h... i.
Salim raccroche enfin.
Nous n'avons pas compris ?
Il s'agissait, pour lui, de récupérer les dernières bandes de son travail que détenait encore Spectacles & Co ; c'était l'occasion ou jamais. Il s'agissait de ne rien leur laisser de nos souvenirs – des souvenirs de nos humiliations surtout.

*

Nous récusons la violence, mais Diop ne sera pas de trop si les choses tournent mal. Il a congé aujourd'hui, et nous accompagne donc à Colombes, Salim et moi.
Salim nous conduit dans sa vieille Fiesta rouge. Les rues sont jonchées de serpentins, de confettis et de canettes. En nous voyant passer, des lascars écroulés sur un banc trouvent encore la force d'articuler :

— On a gagné, on a gagné.

Hocine Hadjadjahi a gardé des traces de fard bleu, blanc, rouge au front et sous les yeux. Il nous accueille d'un :

— Et un, et deux, et trois… zéro.

Pour lui aussi, cette victoire est la sienne. Personne ne l'a prévenu de notre visite, si matinale, mais il nous laisse entrer sans poser de questions. D'ailleurs, Marco est déjà arrivé. En nous voyant entrer, il nous dit de but en blanc :

— Je sais où sont les films. C'est ce que vous voulez, non ?

— Tu as deviné tu as.

— Venez ! J'en ai fini, oim itou, de ce putain de… Ils ne le savent pas encore mais je viens de rédiger ma dém. Ils l'auront demain mardi. J'en ai trop vu ici, putain, j'en ai trop vu.

Ses yeux s'emplissent de larmes subitement.

Nous montons avec lui à l'étage de la direction. Il a un passe, le code, la clef, les chiffres du coffre où sont stockées les bandes. Il n'est pas long à trouver celles que nous sommes venus reprendre : en travers des étuis amagnétiques, un inconnu a collé du ruban blanc adhésif sur lequel est marqué en gros, au feutre rouge, *Beurs*.

— B'heuheurq !

— Délicatesse maison, dit Marco. Allez, go ! J'ai encore à faire, moi. Je prépare mon départ.

Nous redescendons par l'escalier, les étuis dissimulés sous des paquets de journaux.

— Et un, et deux, et trois… zéro, redit le vigile en nous voyant ressortir aussi vite.

Au matin d'une victoire de la France : le moment était bien choisi. C'est fait ? C'est fait ! Vite fait, bien fait ! Pas vus, pas pris ! Etc. Et nous voici qui, tous les trois, entonnons à notre tour:

— On a gagné! On a gagné!

Et Salim klaxonne aussi, puisque tout le monde klaxonne encore, avenue de la Grande-Armée, au lendemain du jour de gloire.

— Après tout, je leur aurai pris cinq briques, dit-il. Et, tu sais, Salima leur en a tiré cinq autres pour le Douz. Ils ont entendu « Sans-papiers », ils ont compris « Emmanuelle Qui-tu-sais »... Et comme ils la veulent absolument pour un grand trois-fois-52 de prestige, n'est-ce pas? ils ont banqué illico.

— Ho!

— On va pouvoir en envoyer deux à Iñigo.

— *Los organizadores del desorden! Los militantes del caos!*

*

Tristesse? Joie? Les deux à la fois.

Tristesse partagée avec Salim: qu'il n'ait pu jusqu'ici mener à bien son projet de *mémorial.*

Joie d'avoir réussi à récupérer ces témoignages tombés en de si mauvaises mains: des gens qui peuvent marquer en gros, au feutre rouge, *Beurs.*

Un peu de frustration aussi: le coup fut presque trop facile.

Plus tard dans la matinée, je vais chez Monsieur Luis, exsuder mes excès de vin blanc de la nuit dernière, un vague sentiment d'échec, un mécontentement dont j'ignore le motif et mon inquiétude quant à Myriam: qu'elle n'ait pas cédé et que je n'aie pas cédé non plus... Pas un appel depuis!

Je m'emballe le torse dans un sac-poubelle. Sur le ruban adhésif avec quoi on le resserre aux hanches et aux aisselles est marqué en rouge *Fragile*.

Shadow devant la glace, corde à sauter, bags. Douche, après. Et au sortir de la séance, l'allégresse retrouvée.

*

Il pleut, pourtant. À la Fourche, comme je traverse la chaussée hors les zébrures, un livreur de Speedzza me fonce dessus gaz poigne à donf... Moi, il n'y a pas si longtemps, mon passé, et mon angoisse, aussi, de ne pas réussir, de retomber dans la galère : que vivre me tue à nouveau. Mon sort, habillé de ciré rouge mouillé... *La suerte*... Je l'évite in extremis, la corne du guidon me frôle. Il continue droit sa route, casque dans les épaules.

— Qu'est-ce t'as, taha ?

Me revient en mémoire la profonde pensée de ce fan de Zidane qui l'autre soir philosophait au comptoir chez Cheb Mouchi :

— Si il rate le but...

Si je rate mon livre, je suis rebeu, si je le réussis, écrivain français... Ou le contraire ? Question.

*

Je cours au musée Picasso retrouver Myriam.

Pas un mot. Un baiser très bref.

Dans ses yeux, de l'indulgence ou de l'ironie ? Les deux.

Pile ou face ? Amour ou défi ?

L'un et l'autre. Le fil, le listel.

Sur les pavés de la rue de la Perle, sur la pointe des pieds, elle mime un instant le pas hésitant du funambule devant moi. Je la suis. Rien n'est dit, tout est dit.

Elle se retourne et me sourit, me tend la main. Sur ses lèvres, un muet : Viens !

Et tout est bien.

*

— Le programme ?

J'ai hasardé, rentrant la nuque dans les épaules :

— Une conférence à l'Institut du monde arabe ?

Elle m'a désarmé en me répondant oui.

*

Le conférencier :

« L'*adab* au sens littéraire du mot, l'adab, qui était, à l'origine, le savoir des savoirs, la gnose en quelque sorte, est devenu, avec le temps, simple tournure d'esprit : des lumières sur tout, de tout un peu. Légendes, histoire, actualité, cosmogonie, morale, poésie, amour, science, religion, art de vivre : sans aucun respect pour les genres établis, mélangeant profane et sacré, rire et gravité, alternant satire et élégie, éloge du vin et exégèse coranique, pensées profondes et plaisanteries, l'écrivain peut désormais aborder tous les sujets selon son bon plaisir, du moment qu'il le fait dans une prose musicale. C'est cela, l'adab. »

L'adab – l'idée m'a plu: de tout un peu, des lumières, la liberté d'écrire suivant son bon plaisir, sans se soucier du genre choisi, sans se plier aux lois d'un genre défini, sur n'importe quel sujet, sérieux ou non, en prenant un ton grave ou léger, selon, et sans se priver d'emprunter aux bons auteurs, au besoin, mais toujours dans une prose cadencée, musicale – le saj'.

Sage décision: puisque mon désir, encore trop abstrait, de me lancer dans un vrai roman ne pouvait toujours pas se concrétiser noir sur blanc, eh bien, ce serait, pour le moment, de l'adab – de tout un peu.

L'été, maintenant, s'étirait, gris, humide, automnal, au ras d'une herbe très verte et haute, ponctué par le bercement d'un transat, avec, pour horizon, si je levais les yeux du livre que je lisais, un village, au clocher, aux maisons sages, comme dans la chanson de Trenet, *Douce France*.

Cher pays de mon enfance!

Ce n'étaient pas les fastes du désert, les vents de sable, les ciels infiniment étoilés, mon frère! Ce n'était pas le vieil océan, ce n'étaient pas les alizés ni les remparts de Mogador ! Ce n'était pas Tanger ! Nantucket ! Samarkand ! Et ce n'étaient pas non plus les nuits blanches de l'Andalousie que nous avions imaginées, un temps, *mi maja* et moi : les *paseos* sous la lune le long du Guadalquivir, les *alegrías* et les *bulerías*, le parfum des jasmins, le vin noir... Qui m'aurait prédit, un an auparavant, des vacances, et des vacances à la campagne, des vacances normandes, oui, normandes, je l'aurais traité d'ouf à donf, moi, naa'htif de Barbès, je lui aurais ri au nez. La Norh'mandie ! Un pré en pente douce, des vaches, des haies, et ce sourd ennui flaubertien tout juste tempéré par la bienveillance juive et l'esprit des Fink, qui m'ont invité... Mais, balek, je n'en dirai pas plus : j'ai promis à ma houri de ne plus parler de ses parents dans mes livres. Tout comme je me suis juré d'évoquer avec plus de pudeur désormais, roman ou pas, Maman et Zaïa. Quant à revenir sur *Casa, la casa*, il est trop tard : le livre sera en librairie le 26. Nous sommes aujourd'hui le 22. Il pleut. Les vaches se sont mises à l'abri sous la ramée. Avachi dans un fauteuil de la véranda, je relis *Don Quichotte*. Ou pour mieux dire, je le lis : je le découvre dans une traduction nouvelle, intelligente et belle, qui se moque des traditions pédantes et nomme, comme il se doit, l'auteur arabe du roman Sidi Ahmed, et non Cid Hamet.

J'ignore ce que je vais devenir, je ne sais plus quoi faire de ma vie, et cet embourgeoisement, quoique temporaire, me pèse, à la longue, la longueur des journées, les horaires réguliers, l'heure, le quart, la demie qui sonnent au clocher, plus de raï ni de virées des rades, plus de joint du soir mais un chien qui aboie tous les soirs, mais le meuglement poignant d'un veau au crépuscule…

— Notre muezzin !

— Paul, je t'en prie.

Et Myriam redevenue jeune fille comme il faut en présence de ses parents, aussi.

J'aimerais trouver, comme Cervantès, la suite de mon histoire au mellah de Tolède. J'aimerais retourner à Madrid. Voire au Maroc… J'aimerais rentrer à Paris.

*

Mais un soir, le ciel se dégage sous un grand coup de vent et vire au rose en un instant ; M. Fink met un disque de Bach ; sa fille, en passant, me vole un baiser au creux de la nuque… Et tout est bien.

*

— *L'Art de la fugue ?*

— *L'Offrande musicale.*

*

Omar Khayyam :

Sois heureux un instant,
cet instant c'est ta vie.

*

— Tu es si pressé de rentrer ?

— Plus maintenant que je sais plus ou moins ce qui m'attend.

*

Parce que notre liberté n'a pas d'horaire,
nos liens sont faits d'autoroutes.

*

Arrachée à un bloc et biffée d'un trait rouge du haut en bas, cette page que je retrouve aujourd'hui dans mon souk :

> Rentrée littéraire. J'en vois qui n'y sont pas, je vais procéder à l'appel, répondez présent ! Tout le monde dans le rang ! Je ne veux voir qu'une tête, mais je veux la voir ! Où êtes-vous, Paul Smaïl ? Qui êtes-vous ?
>
> La belle n'aura duré que quelques mois, la traque a recommencé de plus belle. Je suis sommé de me rendre, de me dénoncer. *Le Monde* : « Il en est un qu'on aurait bien envie de passer sous silence tant est lassante cette pose d'auteur qui refuse de se montrer... » Mais oui. Que nul ne nous échappe, que nul ne reste inconnu de nos services ! Avis de recherche.
>
> Tous en scène ! Est écrivain non pas celui qui écrit mais celui qui se présente comme tel à l'écran ou sur papier journal. L'écrivain doit comme tout un

chacun avoir d'abord une gueule : la gueule de l'emploi. Et il doit jouer le jeu : la transparence, la confession publique obligatoire.

Ce manque d'imagination ! Leur haine du romanesque ! Ils peuvent toujours prétendre que seule compte l'œuvre, l'écrivain est uniquement considéré comme personnage social.

À l'exemple de Salinger, ou de Pynchon, ne pas s'exhiber, se contenter d'écrire ? Vous voulez rire ! Non. Pas de ça ici, pas chez nous, pas de blague. Vos papiers !

Ils peuvent toujours prétendre qu'on n'est pas en Amérique, *thanks God !* que notre président peut se faire sucer hafif... Kif kif. Flicage médiatique, chantage à la réputation, rumeurs : on y est. Plus : la délation, passion nationale. L'an dernier, quand j'étais au Maroc, un écho paru dans *Minute* – dans *Minute* ! – repris à droite à gauche... Surtout à gauche. Ces amis des Arabes et des Juifs, ces antiracistes, ces humanistes pas le moins du monde embarrassés d'avoir ramassé ce ragot au fond d'une poubelle – putain. C'était vrai, puisque c'était écrit dans *Minute*.

Haloufin ! Haloufin !

Un monde où nous sommes constamment tenus de nous expliquer. Un monde où le secret est devenu un délit. Un monde où il est interdit de plaisanter avec son identité. Le meilleur des mondes.

*

À Assia, des Lilas, j'avais fait la promesse de rester romanesque. Et à mon éditeur, qui me demandait si j'avais une idée de prière d'insérer, j'ai répondu, c'était à peine une plaisanterie : *Prière de ne pas m'insérer.* Et je ne voulais pas de bio au dos de mon livre ; je le lui ai dit, j'ai insisté. Ce sont les demandeurs d'emploi qui présentent leur CV. ; et des CV., j'en ai assez présenté comme ça. Je demande qu'on me lise seulement. Je ne demande rien, en vérité ; j'offre.

— « Les livres sont des offres, à prendre ou à laisser. » Stevenson.

— Le pueur !

L'éditeur n'a pas voulu m'écouter, il est passé outre.

*

— Qu'est-ce tu veux faire quand tu seras grand ?
— Écrivain.
— Et à part ça ?
— À part ça, rien.
— Le pueur !

*

Le pueur... (Ils me citent.) *L'imposteur*... *Le truqueur*... Et autres noms d'oiseaux pour qualifier, à l'automne, l'auteur de *Casa, la casa*. Piaillements dans la volière, derrière les barreaux.

— Tu devais t'y attendre.

— On ne te pardonne pas le succès.

— On ne te pardonne pas ta liberté.

— De deux choses l'une : ou tu fais ton intéressant et on t'accuse de faire ton intéressant, ou tu refuses de faire ton intéressant et on t'accuse aussi de vouloir faire ton intéressant.

— Ce qui agace le plus, c'est que tu te revendiques écrivain français : à leurs yeux, la tache de naissance n'est pas effacée. La littérature n'est pas le foot : chasse gardée des De souche ! Pas touche !

— Un peu plus d'humilité, le melon ! Citer Marcel ! M'dereh !

— *Prétentieux... Aucun sérieux... Superficiel et creux...* C'est dit !

Mais quoi ? *Casa, la casa* à peine paru, le courrier a repris de plus belle : Assia des Lilas, Lila de Lens, Latifa, Lofti, Antar, Murat, Zinedine m'écrivent à nouveau, et tant d'autres. Des libraires, pour m'encourager. De nombreux Marocains, pour me féliciter... Eux se sont procuré mon livre sous le manteau, à leurs risques et périls. Car, s'il n'est pas officiellement interdit, la Sécurité a bien fait son travail pour qu'on ne puisse pas le trouver en librairie : les volumes normalement importés ont disparu à la douane. Des exemplaires circulent clandestinement, depuis, et des copies samizdats.

Question : si ce que j'écris sur le Maroc était aussi superficiel et creux, est-ce que les sbires de Driss Basri auraient sévi ? Est-ce que les militants de plusieurs mouvements démocratiques marocains auraient pris la peine de diffuser au noir ce roman français de rien du tout ? Y., Y., M., et R., que je remercie ici – mais est-ce qu'à Paris la presse ne va pas me sommer aussi de les nommer en toutes lettres ? Puisque des journalistes se sont offusqués que je n'aie pas nommé en toutes lettres les amis auxquels j'ai dédié *Casa, la casa*.

Salah, qui a le courage admirable de défier le pouvoir à visage découvert, m'envoie, avec son propre roman dédicacé, un mot de soutien et de fraternité pour me remercier d'avoir dit ce que j'ai dit du régime de Hassan II et de ses simulacres d'ouverture actuels. Salah, qui a été emprisonné dix ans et atrocement torturé au derb Moulay Chérif, Salah qui a encore le cran de dénoncer dans une lettre ouverte à la presse marocaine un de ses anciens bourreaux aujourd'hui délégué officiel de son pays et de son roi venu témoigner devant les Nations unies que la torture n'est plus pratiquée au Maroc…

— À Radio Paris, pendant ce temps, les critiques me chient dessus. *Inauthentique ! Ce n'est pas cela le Maroc ! Ce n'est pas cela Barbès !* Ils savent mieux que moi, ils savent mieux que Salah…

Salim :

— Laisse pisser !

Salima :

— Tu te fais du mal, Paul.

Moh :

— On m'a bien dit à moi que je n'étais pas qualifié pour parler de l'Algérie puisque j'étais encore en vie.

Diop :

— Sancerre fissa la bis, pistaches et Lili Boniche, Mouchi !

Cheb Mouchi :

— B'zerba.

Après nous avoir servis et mis le disque demandé, il nous confie à voix basse :

— Ch'ai deux kets à revendre pour demain soir. C'est tout soldoute les seisse mille places. Qui bouchge ?

Khaled, Faudel et Rachid Taha donnent demain soir un concert à Bercy – *1, 2, 3, Soleils*.

Moi :

— On y va tous ou on n'y va pas.

Les amis m'approuvent.

— On est là avec toi, me dit doucement Salima qui me voyait m'assombrir.

La tristesse qui m'envahissait se dissipe peu à peu au son aussi clinquant que sirupeux des chansons de Lili Boniche. Diop a judicieusement choisi : ce kitsch innocent nous met tous en joie, il est notre vérité du moment, il comble notre envie de bonheur facile un vendredi soir.

— Du judéoaraboandaloufrancaouitzigane… Ça me va.

Sami pousse alors la porte, Myriam et Marie le suivent. Nous les accueillons, nous nous embrassons, nous demandons trois autres chaises à Cheb Mouchi. Nous ferons divan au fond de la salle, à l'ombre des palmiers en plastique, sous le grand désert noir et blanc déchiré.

Le temps, le sentiment du temps qui fuit s'épuise dans la seconde qui suit. Le présent s'éternise. Le présent est fumée, brouhaha, rires, vin, amour, éclats, reflets, regards, miel filé d'un qalb el louz et mélodie andalouse tout à la fois… Puis un mot que cherchait Moh, un mot que je retrouve sans le vouloir, moi qui suis si peu là :

— Le ghazel.

— Voilà.

Il parle de poésie amoureuse. J'écoute sans écouter. Myriam m'interroge des yeux : Labès ? Je la rassure d'un sourire : Labès.

*

Omar Khayyam :

> *Puisque la fin de ce monde est le néant,*
> *Suppose que tu n'existes pas, et sois libre.*

*

Labès, oui. Je suis sincère. L'abattement n'aura pas duré. Mais ces attaques, mais cette bassesse... La haine brute, impénétrable, qui s'y manifestait et que je devais affronter soudain. Je me suis laissé atteindre, j'ai cédé au ressentiment. Erreur. Je ne devais pas m'en soucier. Il fallait esquiver... D'une naturelle comme nous en avait montré l'amigo Iñigo, avec élégance. J'ai manqué au duende.

*

Je me suis ressaisi. Lorsque nous ressortons tous les deux de chez Cheb Mouchi, Myriam et moi, abandonnant là nos amis pour une soirée en amoureux – non, en amants –, je la fais rire en lui disant que je demanderai un poste de gardien de nuit au musée Picasso, s'il le faut. Ou que je recommencerai à livrer des pizzas, pourquoi pas ? Mais rien ne presse, nous avons devant nous assez pour vivre, et bien vivre, deux ans ou trois. Et tout peut advenir encore, inch'Allah ! Nous irons à Barcelone visiter l'autre musée Picasso. Nous irons à Séville, j'écrirai dans l'avion d'autres séguedilles. J'écrirai d'autres livres : une idée de roman m'est venue, hier au soir, en voyant le contour d'un corps tracé à la craie sur le bitume devant les Sables d'Or. Un titre aussi : *H'Nana*. Donné, Dieu sait pourquoi, Dieu sait comment. L'inspiration, l'ange gardien, la muse... Donné ! La joie. Tout est écrit, rien n'est écrit. Rien n'est joué, et nous sommes joueurs. Rien n'est dit. Rien n'est dit entre nous, mais un regard, mais un sourire suffisent ce soir. Viens ! Nous sommes joueurs, l'inconnu ne nous fait pas peur. La nuit qui tombe... La perspective d'une vie passionnée alors que les lampadaires s'allument sur le boulevard. Notre histoire ne fait que commencer, et l'Histoire qui s'écrit avec un grand h n'est pas finie. Il y a des combats à mener encore, dans l'ombre, et des drapeaux à brandir haut. J'ai lu ce matin dans un article consacré aux *Particules élémentaires* que les notions de dignité humaine et de liberté étaient de vieilles lunes. Mais nous, mon amour, nous voulons toujours marcher main dans la main au clair de ces vieilles lunes, dans les jardins du Retiro, ou place de la République. Liberté ! Liberté ! Liberté et dignité ! Pour avoir vécu quelques mois au Maroc, j'ai su ce qu'était l'absence de liberté individuelle ; pour avoir grandi à Barbès, je sais ce que signifie de se voir dénier sa dignité d'homme... J'ai lu aussi dans le journal – c'était le jour ! j'ai lu que l'Occident était en plein déclin. S'il s'agit de cet Occident qui en arabe se dit Maghreb, j'en suis d'accord. Mais j'y ajouterai l'Orient. Car depuis quand le totalitarisme dévot, le puritanisme, le fanatisme, l'obscurantisme seraient devenus les signes d'un épanouissement ? Appelons à la décadence, si la décadence ce sont les jardins grenadins, la poésie amoureuse, la mélopée andalouse, les parfums, la tolérance, le vin, le zarf, l'art nasride ! Les journaux déplorent notre avachissement, mais nous sommes debout, nous, vifs, alertes, joyeux, colères ! Les raisons de nous révolter ne manquent pas. Les Veuves Écossaises et Dow Jones continuent d'affamer le monde. Rebeux et Renois, de se faire schtroumpfer comme hier les ouvriers lorrains : employés à de petits boulots déqualifiés, obligés de porter des uniformes ridicules, chair à profit comme ils furent autrefois chair à canon – je pense à mon grand-père Ahmed, mort pour la France. La France a honoré cet été ses héros du Mondial, mais la fraternité n'aura été qu'un feu de paille – je prends toujours bien soin de ne pas égarer mon ticket après avoir passé le tourniquet du métro, un incident est si vite arrivé quand on a ma chetron. Les sans-papiers sont toujours sans papiers. Si Kif, le marabout, est un charlatan : Chevènement n'est pas mort empoisonné. Son ami Basri refuse toujours l'entrée au Maroc à Mme Serfaty. Son ami Betchine persécute des intellectuels condamnés à mort par les islamistes en Algérie. Le gouvernement français n'accorde toujours pas de visas à nos amis Y., L., M., A., Ch. – que la presse me pardonne de ne pas les nommer en toutes lettres. Je croyais ne jamais retourner au Maroc, j'y reviendrai sans doute effectuer un passage de frontière quand ce sera mon tour – nouba. Mardi, je vais en Suisse.

— C'est bien, me dit Myriam. Je suis fière de toi.

Qu'elle soit toujours aussi fière de moi, que j'en sois toujours aussi digne ! Que notre amour dure *hasta la muerte* ! Que cet instant heureux n'en finisse pas, qu'il soit toute notre vie, comme y invitent la poésie soufie, Omar Khayyam, Hâfiz !

— Un gin-fizz.

Comme par superstition, nous sommes revenus dans ce bar où nous étions entrés aux douze coups de minuit, la nuit de Noël, l'an dernier. Nous nous asseyons sous l'affiche de *Casablanca*. Nous nous rappelons les paroles de la chanson, leur profonde sagesse : un baiser n'est jamais qu'un baiser, un soupir, un soupir ; les choses fondamentales, on les apprend avec le temps... Une griserie légère dilue le temps et contracte l'espace, élargit le miroir du fond. Nous nous faisons face. Tacite promesse : nous approfondirons notre connaissance l'un de l'autre... Les mois passeront, les années.

*

Quelques mois ont passé. Nous sommes aujourd'hui le 5 mai 1999. Nous sommes ensemble. C'est mon anniversaire.

Myriam m'offre le nouveau disque de l'Orchestre national de Barbès, paru hier. Douze morceaux qui font écho aux douze morceaux du précédent, le premier : identique nouba, identique bonheur, et souvenir de mon glorieux retour à Paris.

Elle m'offre aussi le troisième volume des *Poésies* de García Lorca, qui me manquait.

J'ouvre au hasard, et je lis :

« La muse et l'ange s'enfuient avec leur violon ou leur compas, mais le *duende* blesse, et c'est dans la guérison de cette blessure qui ne se ferme jamais que réside l'insolite originalité d'une œuvre. »

Un envoi ?

Dans l'art du divan, à la fin du ghazel, à la dernière strophe, l'auteur se nomme et s'apostrophe – soit.

Qui je suis ?

Paul est mon prénom – un prénom nasrani, mon père l'a voulu ainsi et je l'en remercie chaque jour –, Smaïl, mon nom de plume, le nom que je me suis choisi. En hommage à Melville.

Mon nom de guerre ?

En hommage à Cervantès, Sidi Ahmed Ben Engeli. Mais j'en change aujourd'hui, il le faut : après un coup de main risqué, un passage, comme on changerait de chemise, on change de fausse identité.

Ma nouvelle fausse identité est un secret comme la vraie.

Secret défense, dit l'ami Sami. Pléonasme ! Dans un monde de la transparence et du Net, la seule défense est le secret et la clandestinité.

Pas vu pas pris – c'est ma devise, je l'ai écrit.

Ou :

comme on peut lire sur les coupons de bingo.

Et si celle que j'aime me surnomme parfois l'Ingénieux Hidalgo, c'est qu'elle me voit en Don Quichotte : fou de romans, vague redresseur de torts. En quoi elle n'a pas tort.

Mais elle n'est pas ma Dulcinée : je ne l'ai pas imaginée. Elle est vraie, belle et réelle, des yeux de gazelle, et un art, qui n'est qu'à elle, de relever la lourde masse de ses cheveux en un geste pour lequel je me damnerais si je n'étais né sauvé – sauvé ! puisque mon destin a croisé le sien – avant de les laisser mollement retomber sur l'oreille.

Des yeux, des yeux – je l'ai dit –, et un cul ! putain, oui – des fesses, si vous préférez, je n'ai jamais su bien me tenir, je suis natif de Barbès, j'aime les fesses, je le confesse, et les beaux seins aussi ; mais si j'aime tant ses seins, c'est que ce sont les siens – 'llah.

J'aime son rire, son ironie, son indulgence à mon égard, sa patience infinie, son regard éperdu quand entre nous un ange passe ; j'aime redire son nom à voix basse, dans le noir :

— Myriam, Myriam, Myriam, Myriam, Myriam, My…

Comme je dirais une prière si j'en savais une (je suis seul ce soir).

Ou un quatrain d'Omar Khayyam, si j'en connaissais un par cœur.

J'aime aussi qu'elle m'ait fait découvrir Picasso et Mozart, et l'*Alborada del gracioso*, et *L'Art de la fugue* ; j'aime qu'elle m'ait fait voir les repentirs de Vélasquez, au Prado, et m'ait appris le sens pictural du mot; mais j'aime, plus que tout j'aime qu'elle aime faire l'amour et m'ait amené en douceur à dire désormais: faire l'amour – et non plus: zeub ou jbed! Non, plus jamais.

Qui je suis?

Ah! c'est elle que je suis (du verbe suivre), un soir, un peu ivre, juste ce qu'il faut, dans la nuit madrilène, à la Puerta del Sol, tandis qu'elle improvise un zapateado, un genre de –, je ne sais pas, un pas de fandango, un tango.

— Myriam, mía, mi maja, mi judía, mon amour, ma houri – hourra!

D'autres questions?

À quoi je ressemble? À un certain portrait mortuaire du Fayoum – premier siècle de l'ère chrétienne –, qui figure en médaillon sur mes livres, si, du moins, j'en crois mes amis. Une affinité bimillénaire avec un inconnu de la Haute-Égypte, l'idée n'est pas pour me déplaire, je l'avoue, pueur que je suis.

Comment je vis? En boxeur amateur que je suis aussi, j'essaie de vivre comme on se bat en amateur, comme on se bat contre son double dans le miroir, avec soi, contre soi… Pouvoir se regarder dans la glace sans trop cligner des yeux: cette morale en vaut une autre. Le ring serait le monde, et la vie, un jeu.

Un jeu et une danse: avancer, reculer, avancer, harceler l'adversaire, se fendre puis esquiver – le buste! « tu n'es pas de marbre » –, assaut, retrait, nouvel assaut… En amateur, oui, mais, du menton! comme on dit. Oser défier son démon intérieur, son dgen.

Mes autres plaisirs? La musique, la lecture, le boire,

— l'oud, le rebeb, le rap algérien, la nouba arabo-andalouse, Faudel, Ravel, Granados, Alla,
— lire le *Divan* d'Hâfiz en buvant – pour la rime – un gin-fizz,
— boire du taja en écoutant Taha, sa manière déchirante et moqueuse à la fois de chanter *Douce France,*

Cher pays de mon enfance !

et les rades à raï de Barbès.

L'herbe, aussi, l'herbe des prés normands dans quoi on se roule aussi bien que la marocaine à rouler : la beuh – et déconner.

Déconner entre amis m'a sauvé de la mélancolie, m'a sauvé de la mort qui m'a repris mon frère. Mes amis, oui, m'ont sauvé la vie. Et, si je ne crois pas en Dieu, je crois du moins en ceux qui m'aiment.

— Amis, que je ne peux ou ne veux nommer ici, merci.

Ce que je crois aussi ?

Je crois que ma naissance fut, pour moi, une chance, comme dit un proverbe arabe ; – je crois que mon père était un homme juste ; – que ma mère est la bonté incarnée ; – et que mon frère, à son insu, m'a enseigné la fraternité et la fierté – mon Queequeg ! mon cadet, que j'embarquais tous les soirs dans une aventure imaginaire : la chasse à la baleine blanche ou *La Mille deuxième nuit*... Et qui m'a laissé poursuivre seul le voyage au bout de la nuit.

Je lui avais promis de raconter notre histoire, je l'ai fait.

Il est minuit. Au-dessus de ma table de travail, la mer des toits de zinc dans l'œil-de-bœuf, l'obscurité mauve, les bruits de Barbès… Je suis devant mon écran, j'écris.

Ceci :

Où se situe la frontière ? Ce feu, là, ces lumières qui dansent sur l'eau ? Nous marchons dans le noir jusqu'au bout du quai, où le passeur nous attend. Ai-je eu peur jusqu'ici ? Oui et non. Un peu d'appréhension, rien, j'en ris maintenant.

Mort me dit :

— C'est la vie.

Madrid, Casablanca, Yonville, Paris
avril 1998-mai 1999

6479

Composition Chesteroc International Graphics
Achevé d'imprimer en France (Manchecourt)
par Maury-Eurolivres
le 10 janvier 2003.
Dépôt légal janvier 2003. ISBN 2-290-32287-3

Éditions J'ai lu
84, rue de Grenelle, 75007 Paris
Diffusion France et étranger : Flammarion